Casa entre vértebras

Wesley Peres

Casa entre vértebras

Vencedor do Prêmio Sesc de Literatura 2006

ROMANCE

EDITORA RECORD
RIO DE JANEIRO • SÃO PAULO
2007

CIP-Brasil. Catalogação-na-fonte
Sindicato Nacional dos Editores de Livros, RJ.

P51c Peres, Wesley
Casa entre vértebras / Wesley Peres. – Rio de Janeiro: Record, 2007.

ISBN 978-85-01-07942-8

1. Romance brasileiro. I. Título.

07-1937
CDD – 869.93
CDU – 821.134.3(81)-3

Copyright © Wesley Peres, 2007

Direitos exclusivos desta edição reservados pela
EDITORA RECORD LTDA.
Rua Argentina 171 – Rio de Janeiro, RJ – 20921-380 – Tel.: 2585-2000

Impresso no Brasil

ISBN 978-85-01-07942-8

PEDIDOS PELO REEMBOLSO POSTAL
Caixa Postal 23.052
Rio de Janeiro, RJ – 20922-970

EDITORA AFILIADA

Para
o Gleisson e o Vânio, porque fazem parte de quem sou; a
Renatinha e a Sofia, que continuam me reinventando; o
Manoel e a Aurora, porque me sonham.
Para os meus irmãos outros: Maria José, André de Leones,
Tércia Neiva, Juliano Pessanha e Paulo Guicheney.
Para Teresinha Martins, que me adivinhou.

La palabra es el único pájaro
que puede ser igual a su ausencia.

Roberto Juarroz

(1.)

Estou entre pessoas e desconheço o que isso seja. Ontem, sonhei um provérbio húngaro: morrer é a residência mais segura. Vivo também desses consolos. Nas horas vagas, estudo o que um espelho pode não refletir, e tento escutar isso. Nas outras horas, tento dormir. Em casa, o eu que fala não reconhece suas próprias palavras. Entre o que digo e o que calo, a casa.

(2.)

A casa do homem é mesmo o entre — é o que eu penso. E as cartas, no fundo, partem de um ausente em direção a outro ausente. Nunca sabemos o que dizemos. Depois que dizemos, às vezes, entendemos um pouco. A gente fala pra humanizar o silêncio, repartir. Não suportamos o silêncio todo, anterior às palavras, o silêncio mítico que mesmo os deuses não devem suportar facilmente.

(3.)

Tentam me impor isso, um eu, um centro, um nome, uma tramitação química que explique a minha recusa em ser um eu, em me comunicar harmoniosamente com um outro. Pertenço mais às fraturas do que a qualquer sonho de juntura, e a razão com que tento fundar minha loucura particular é mais fluida do que qualquer desses sóis que vertebram o sonho do eu da casa, o sonho de ir sendo, o sonho concreto de saber-se-agora dividido em pensamento e carne, o pensamento agulhando a carne, a carne agulhando o pensamento. Não quero mais ser todo razão, não quero. Não quero mais esse modo seguro de quem operacionaliza até o barulho dos pássaros bebendo água. É a *hora orifício* o que procuro, como aquele papel amassado, displicentemente largado em minha gaveta — não sei se de perdidos ou de achados; papel quase em branco, apenas uma vírgula num canto. Debaixo dessa vírgula, o necessário.

(4.)

Não sei se existe aquilo de que a ponte é entre. Não sei se é possível o por dentro. Meus pés se sucedem; esperando que Deus seja inaugurado, talvez. Ou, então, que eu tenha coragem de tomar chuva, de escrever cartas a mim mesmo. Nem sei quantos ninguéns já rasurei em mim, nunca comuniquei isso, a não ser quando sou só — uma voz. Tenho saudade da elegância que me habitava. Criança, fui capaz de fazer dos dedos uma pinça e pinçar entre os dedos uma formiga, sem deixar qualquer impressão em seu corpo, sem humanizá-la em nada. Anjos rezam por mim.

(5.)

Deus mesmo está inquieto — antes estivesse morto! Não acredito mais na medição dos relógios, mas ainda não perdi a fé na chuva. Em casa, sou mais só. Em carta, sou outro, e também nela estou só. Em casa, sou mais estrangeiro. Em carta, o eu que fala não reconhece o som de suas palavras. Tenho medo. Vivemos no tempo em que não podemos mais fingir que não sabemos da primazia das rasuras. Sim, acho que é meio assim, tenho ódio da vida e medo da morte, odeio os instantes, as coisas, o movimento pendular do tempo (o eu que diz e o eu que escuta não são os mesmos; sempre, às vezes, a mesma sensação). Odeio a presença das pessoas e temo a solidão.

(6.)

Quase noite, nuvens meditam os meus ossos, estou perdido em certa paisagem — a ranhura das palavras traz vestígios da textura de seu corpo. Estou com fome, estou conforme ao barulho do estômago, e me divido: sou o que se embebeda com a catedral de seus olhos inscritos na memória; sou o rumor da carne advertindo que a carne sustenta as metáforas que fazem eu ser quem sou. Sabe, é estranho me fazer palavras e me enviar e ser abrangido por seus olhos e me tornar matéria que alimente os continentes mais insólitos do seu pensamento. Mas nada disso ocorrerá, minhas palavras se organizam em torno da sua ausência definitiva. Não tenho para onde enviar a carta e, na verdade, não quero mais ver você, nem mesmo por intermédio de papel e palavra. Por que escrevo? Para constituir um outro, tramitar os meus rumores até uma pátria que me seja estranha e me ensine a morrer, ser menos eu para morrer menos. Escrevo-me a você para me livrar da tirania de ser eu. Escrevo porque devo criar um caminho próprio pra existir entre os homens. Não sei caminhar os caminhos dados. É menos rebeldia do que inaptidão.

(7.)

Sempre os relógios, o pára-raio, o beliche, os dedos dedilhando: o mundo composto de espelhos. Agora, coisa bela é areia. Areia parada, ou mesmo areia sendo um corpo possível do vento. Sou um homem que só vive, se vive, de palavras — de palavras, por e entre. Agora mesmo, não fui ao trabalho, os cachorros latindo lá fora, o dedo no nariz, o nada me representa. Estou em palavras. Aliás, sou uma palavra, ou duas; não importa, não se sabe quantas palavras são necessárias para se inaugurar algo, alguém, coisa nenhuma. Por falar em coisa nenhuma, coisa que não pode haver em minha casa é teia. Se houver, não durmo. Escuto os vazios emoldurados em movimento. Me dá gastura pensar em minha casa com vazios emoldurados. É que, mesmo não havendo teia, meu verso se redige nos meus olhos sem para onde olhar. Teia é coisa que só serve pra sublinhar o silêncio. É uma dessas vozes que não combinam com o corpo.

(8.)

Falo e preciso da próxima palavra, e preciso suprimi-la, e preciso, com as ranhuras desta palavra que não está, sulcar a carne e imprimir a angústia que me torna tão vivo. Preciso, o silêncio construído me angustia rumo à vida. O outro silêncio, o maciço e sem fissuras, não é humano, e com sua agulha é possível despedaçar até o último farelo de átomo compondo a coisa que, por enquanto, chamo de eu. Preciso da hipótese de que posso fazer a casa anteceder a tudo; de que, no princípio, o Verbo era Deus; de que pelo som semantizado posso erigir paisagens nucleando as pedras. É por essas parafernálias extraídas do que em mim é mais só que tento dar sustentação mínima a uma loucura minha, a esse algo que me imprima no vento e me faça fio enlaçado nos desenlaces do tempo.

(9.)

Neste quarto, eu dentro e as coisas numa ordem obscura. Tenho a impressão de que tudo está segundo uma ordem anônima, inclusive o meu próprio corpo, o que ele diz e o que ele cala. Um caderno no chão, capa verde xadrez; abro, e dentro, a minha letra. O problema é a voz. As paredes. Aquela voz lá desenhada, incompatível com o que posso escutar. Assim, também, o quadro na parede que todos e eu mesmo dizem me pertencer. O quadro impresso por mão geômetra, língua morta caindo em meus olhos significando o mesmo que palha rolando no vento. Sei. Sei isso a partir do que nomeio de por dentro, nessa linguagem mitológica, a única que o homem tem: este quarto é o que mais sou. Este quarto, se alma existe, é minha alma cartografada, operacionalizada. E o que eu digo, desde sempre, é a partir do quarto.

(10.)

Tenho de me estruturar em ser sendo. Um continente de ressonâncias, um porto para não se atracar. Em dez segundos o relógio apontará 18 horas, e você irá chegar. Difícil isso quando demais sendo-me, quanto tanto tumulto, quando tanta orgia de palavras e imagens em redemoinho, exorcizando para dentro meus demônios. Nunca estive tão feliz, preparado para a morte até. E, mesmo assim, fico aqui, neste quarto, em minha poltrona, invocando claras arestas, cal engessando caos, invocando o ele-eu que daqui a instantes se alojará em instantes, engessado no monólogo, no eterno mesmo monólogo encarnado nela, você, a mulher que chegará às 18 horas. Nua, a pinta na nuca, só. A fala é uma esfera de espelhos, a fala fala a si própria, e uma pinta na nuca por vezes é o orifício que a palavra procura. Isso mesmo. Só sei falar por vazios, por linguagem do não, por amor às ruínas de Deus.

(11.)

Temo a Deus e ao Demônio, e invoco os dois para que me haja ânimo para a vida e para a morte, para que eu suporte o tempo ou a ausência dele (e quando os invoco, sei que invoco a ausência). Peço ajuda, mas não a desejo. No fundo, gosto de minhas chamas, gosto de meu espírito retorcido queimando minha carne, gosto das feridas em minha consciência, gosto de minhas paixões pelas minhas feridas na consciência, e desejo mais do que tudo e nada não dormir. Amo a insônia, a noite com as unhas enfiadas no cérebro, a circulação circulando como se agulhas enveredassem pelas veias, e o olho aberto, e o corpo em destroços, e o escárnio me escorrendo pelas ventas. E, mais do que isso, amo o inferno de ter a noite do outro em mim e de derramar no outro o segredo de minha morte constante. Quero o belo dia da realização do meu máximo terror, o da morte não sendo mais uma escolha.

(12.)

Aqui não é só o quarto. Tem também a gaveta de guardados. Tem as coisas que ficam lá, sem porquê ou no entanto. Coisas que guardo simplesmente pelo ato de guardar. Houve um tempo, acreditei ser possível guardar — por exemplo, guardar segredos. E desguardar — por exemplo, a completa desdobrabilidade de um origami. Há, em mim, ao menos e ainda, um leve odor desse sonho de guardar. Soube, certa vez, de um homem que decidiu escrever toda a sua vida no momento mesmo em que ela acontecendo; então, o seu livro. Aquilo era o instantâneo de seu ato de escrita, uma esfera de espelho. Uma certa crença em guardar é necessária para as possibilidades biográficas, para que as palavras substituam o tempo. Agora, outra coisa. Penso também a construção de uma loucura própria, aquela que me vem. O que uma loucura guarda? Guarda nada. Pode ser também qualquer coisa. (Guardado, o cheiro dos sonhos se torna mais concreto.) Esta gaveta redemoinha. A estrutura do redemoinho é o seu movimento. Minha gaveta de guardados é uma precaução, dessas que mãe imprime na gente, só que disfarçada.

(13.)

Essas falas, esses nadas me entrecruzando, e o cigarro aceso. Lembro-me, então, de que não fumo. Penso ainda em você como "a mulher da pinta na nuca", você telefonou de novo, você quer uma "sessão extra"; coisas aconteceram, você disse. Coisas sempre acontecem entre uma e outra boca, coisas sempre acontecem se palavras penetram o corpo, ou se o mar injeta luz molhada nas lâminas do vento. O cigarro, prossigo fumando o cigarro, sentindo aquele sem corpo percorrendo o entrecruzamento dos meus vazios. Palavras me concluem de maneira a me dizerem para o entendimento das plantas.

(14.)

Procuro um livro. Folha em folha, sou eu o folheado. Desapareço como um cigarro aceso. O azulfátuo de minha composição. Procuro-me, então, em artérias de um vento apalpado pelo corpo. Fumo as águas de um outro corpo em meu corpo. Preparo-me para a loucura. Sempre quis conhecê-la. Agora, sinto-a rastejando em minhas articulações. Agora sei, ela, a loucura, peixes lambendo minhas palavras desde meus cinco anos, ou antes. Meu corpo agora é tudo o que sou. Mesmo duvidando de minha solidez, eu, em minha sala, em minha casa. Uma casa a ser destruída numa tarde qualquer, sem nenhuma justificativa. Existir é engraçado. Eu, eu e os fósseis de quando o mundo ainda deserto de mim, de quando a morte me era. Um excesso de mim. Dor. A cabeça, as constelações soltas, de fora de qualquer palavra, o telefone. Preferia a morte sem qualquer palavra, agora. A casa, a sala, a estante de madeira amarelada, um caderno xadrez, olho para ela, é você a mulher que não está aqui: a mulher que está onde está, nua se estiver nua, existindo ainda, se existir.

(15.)

Minha profissão é escutar, sublinhar o silêncio — principalmente se é um louco quem fala. Nisso, sim, vejo uma grande concretude. Mesmo que a fala seja uma tapera, ou seja coisa que se desdobra pra dentro. Loucura há. Então, quem está, se está falando, está falando é da tentativa de mapear o tempo. Aí é o inferno. Caminhar a pedra é muito mais difícil do que contorná-la. Então que a loucura se guarde para fora, e que todos os lodos mais remotos respinguem (coisa imperdoável!).

(16.)

Na clarividência da infância, tudo era conforme as minhas cores e as minhas nuvens. De um modo ou de outro, eu já pensava o fim. Eu já sabia, mesmo que por metáforas douradas, que corpo e ampulheta se enredam na mesma trama, e que, assim como a aranha tem em seu corpo a matéria de sua teia, cada coisa que eu sonhava ou captava tinha também a dimensão nada do todo-dia. Coisa alguma escapava de ser teia movendo meu corpo em direção à ampulheta de todo escorrida. Quando jogava futebol de botão, e cinco minutos faltavam pra virar a partida perdida, lá estava, em mim, claramente obscura, a certeza de aqueles cinco minutos serem metáfora dos últimos cinco minutos que uma aranha ainda teria para discorrer alguma teia. Sabia também que, auscultando um livro, poderia, de algum modo, controlar o término dele. Sabia, então, a antimetáfora do tempo humano.

(17.)

A questão é que, em se tratando de palavras, não há lado de fora. A aranha, sim, enteia o que não é aranha. Se aranha eu fosse, dentro de minha própria unha, dentro de meu próprio vento, poderia ter o meu próprio deus de bolso. E até a chuva seria coisa pronunciável. Não conheço mote melhor pra meditar do que chão e chuva. As poças lá paradas captando imagens blindadas. Penso assim: lá, aquelas imagens empoçadas, se ninguém as pensa ou vê ou escuta, se ninguém, se palavra alguma não as contorna, posso dizer que elas são reflexo de qualquer coisa que não delas próprias? De outro jeito: quando uma criança põe água ensaboada num canudo e sopra, e as bolhas em miríades esvoaçam — e o menino de olhos fechados para soprar melhor, e as bolhas, e o menino de olhos fechados —, então as bolhas prismam. Prismam o olhar. Então, se é assim, pode-se dizer que algo se prisma?

(18.)

Gosto de pensar em prisma, coisa de fatiar luz. Gosto de dedilhar fibras. Gosto dos vãos de que minha vida é contorno. É isso: gosto de terras ermosas. Assim, esses, outros e os mesmos motes de minha conversa: a anatomia do espelho; a densidade óssea da palavra; parede; o que não é aranha na existência na aranha; o lado voz do silêncio; o tempo e o entretempo; gavetas. Assim, inaugurado como pessoa, o ponto nevrálgico de mim. Isso ocorreu, segundo minha teoria de hoje antes do almoço, ocorreu quando sem nem saber pronunciar borboleta, assassinei uma borboleta, fechando-a nas mãos, abotoando o azul. Já falei disso pra muita gente — pai, mãe, padre, prostituta, analista, Deus e o que de Deus um espelho pode apreender, mas ninguém me levou a sério: uns sorriram; outros, pior, acharam poético. Houve tempo em que acreditava profundamente na existência de frases decifráveis, até que, aos 15 anos, uma moça de 21 me pediu que eu a sorrisse, que eu a dissesse, que eu a dançasse; eu não entendi e lhe escrevi um poema; ela não entendeu o poema e disse que eu deveria ser mais empírico; eu não entendi e quis lhe explicar o poema. Hoje só acredito em frase indecifrável.

(19.)

Percorro o seu corpo, declives e aclives, por meio desta minha fala tão assim. O som das minhas mãos percorrendo você, e eu sendo mordido pelo seu olhar, atraído por reentrâncias de coisas concretas. Mesmo o som de minhas mãos caminhando suas partes é agora som de palavras. Dessas palavras mesmas que, agora, tentando enformar o vazio, darão eixo à carta — sim, a tal carta. A carta que você tanto me pediu, uma carta em que finalmente eu fale de mim e só de mim, sem o meu escorregadio jeito de lidar com as palavras e com a vida, conforme você mesma disse. Mas a coisa é ainda menos. Há tempos que não sei onde você, onde essa carta para mim sempre algo impossível. É. Parece que você, ainda que ausente, não perdeu o hábito insuportável de estar com a razão, sua razão assertiva, tão sua e tão cheia de olhos. Essa é uma carta impossível em si mesma, porque a coisa que menos sei dizer sou eu, coisa sempre agora, coisa olhada ao mesmo tempo que olha. É uma carta impossível em si mesma porque sem destino e sem destinatário.

(20.)

Tão em partes é a-você a quem me envio em forma de coisa ausente que... é como se eu tivesse que constituir você, como se toda a minha fala fosse um esforço pra constituir você. Você é a quem envio os meus buracos. Mas há o seu corpo impresso no que de mim nem sei, a sua voz, o real de seu inoculando vertigem no som sem substância desta voz que agora sou. Isso me salva de ser só esta voz, me salva (da salvação) de crer que o barro do vaso é mais importante do que o seu vazio, ou de que o vazio é mais importante do que o barro. E me salva ainda da crença a que, no desespero, eu poderia recorrer, a de alguma simetria entre palavra e vida. A *dis*junção entre o corpo e as palavras inventa as perguntas que somos.

(21.)

A atmosfera do antes, do antes da primeira vez em que pude abrir uma janela, essa atmosfera pelo menos posso escutar na arquitetura que sustento diante do mundo. Uma fragilidade das coisas de múltiplos alicerces. Mesmo se aberta a janela aberta, a casa. Um olho captura a noite, a casa empalha o vento e as paredes. A cada passo meu, as paredes se distanciam de onde estavam no momento em que a janela foi aberta. E tem também as gavetas, exceto uma, trancada, com a chave que sequer parece existir. Ainda tenho dúvidas se o segredo está na chave, se está na fechadura, se nos objetos que lá estão, ou nos que lá não estão, ou na geometria interna da coisa construída com o intento de guardar. Tento rememorar por que tinha eu, em meu quarto, de demarcar lugar móvel para as coisas, de modo que, aos outros, o meu quarto fosse o simulacro do caos e, para mim, o simulacro de uma ordem engessada, arquitetada por uma outra pessoa, tão presente quanto algo desaparecido na casa, algo que eu ia procurar em minha gaveta. Sempre encontrei em minha gaveta coisas de que nem mais me lembrava. Uma única vez, encontrei o que procurava, a casca de uma cigarra.

(22.)

O que em minha casa eu não podia entender era o empenho de todos em vedar goteiras. Chover dentro de casa era como furar o olho que suga a noite para não havê-la. A noite lá fora, sempre lá fora. Em minha infância, só me permitiam o durante o dia. Mas eu sabia que, mesmo lá fora e sob estrelas, havia o olho-moinho sugando a noite de minhas mãos. Uma vez, com seu constante ar de galhofa filosófica, meu tio me disse "É que à noite a alma também é corpo". Meu tio profetizava coisas, olhou para as paredes da casa e viu, antes que existissem, nas paredes, imensas rachaduras; e, de fato, elas nunca apareceram. Profeta pode ser também aquele que lê, nos olhos de um menino, o silêncio.

(23.)

Obsessão por esferas, essa minha. Sonho em círculos, falo em círculos, escuto em círculos. Deve ser por atavismo que isso em mim se instalou. Quando não sei explicar algo, apelo para a genética ou para Deus. Sei que passo dias pensando uma vírgula, sei que passo a vida pensando a morte. É uma engenharia constante o meu cotidiano. Tenho o hábito de não me endereçar a ninguém sem antes analisar a textura do silêncio ao fundo do que direi. É a partir da fotografia que se reconstitui o negativo, e a partir do negativo que se reconstitui o real da imagem, e a partir disso reconstitui-se o que o canto do olho pode revelar. Então, é ir e voltar num percurso circular até ter a certeza do que emana da imagem — cuidado com a *luz mínima*. Essa é a grafia mais perigosa.

(24.)

Grafia. Houve tempo em que tentei transcrever-me; e tudo que pude foi falar do vento, num diário que logo virou objeto de gaveta, e passaram anos assim, até que, um dia, procurando uma foto que odiava, encontrei o pequeno caderno, e me reli, e tudo era outra coisa. Poderia dizer que aquilo foi um diálogo meu comigo, em dois tempos. Mas seria falso. O que descobri é o de sempre: sou um monólogo, ou, como já disse, esfera de espelhos: é disso sempre que falo, da refração entre dois espelhos, um de frente para o outro.

(25.)

Manuscrito-me à sombra do sol, sem deuses que me vivam, triste de tanto ser — e lendo Pessoa como se lesse um daqueles objetos manuscritos em minha gaveta de hipóteses, negativos de algo depois revelado, meras fotografias de uma descoberta. O monólogo-eu está mais para mar do que para rio. A casa, a casa é o que não estava lá desde sempre. Era de tijolos em seu aspecto. Era só isso. Aspecto. Outra metáfora neste mundo onde cada coisa é outra. E, então, mais outra descoberta, no fundo a mesma: tudo é apenas isso mesmo, aspecto. Profundezas do mar, composição de camadas à superfície.

(26.)

O destino, enlace desconhecido de palavras, pensava eu estando na sala, observando o tempo, quase nu de mim, a alma sem ângulos e com paisagens. Ouvindo a simultaneidade da matéria, um som em dissonância, sem geometria. Tinha também o perfume da folhagem verde de um lugar da memória, não do passado, pura memória de palavras ressecadas, fósseis. Quem controla a luz? O que se pode ver a partir das janelas de um trem em movimento? Quem controla a sombra? Tudo é vento concentrado mais no tempo e na ausência dele do que no espaço. E não é sonho, e não é lembrança, nem atavismo, muito menos um agora. Não é prestidigitação. Não é regressão a vidas passadas — nem a vidas futuras, fosse delírio... É um não. Um retalhar-se, uma teia de cheiros vagos, uma difícil construção de coisas frágeis. Mas também não é isso, pensei naquele instante. Ou pensei agora, à primeira baforada, ao primeiro gole. Quis e, então, não cessou o fruimento daquela matéria para além e para aquém de minhas vontades.

(27.)

O cotovelo sobre a mesinha de cheiro vermelho de outros tantos cotovelos, alicerçando a sonolência. A moça ao lado, uma poça logo ali na calçada — alguma coisa se inicia no universo se dois olhares convergem para a mesma poça. Numa conversa de botequim, toda a história de uma vida se torna outra e, retroativamente, se contorna. A casa em reforma na memória. E as paredes. Tão concretas quanto um inferno inventado, absolutamente brancas. Houvesse o relógio-cuco ou formigas ocasionais, seria a alquimia indestrutível da infância.

(28.)

Feitos de mim, os rios e os nós cíclicos desta patológica morte de nascer nascendo, a ponte que gira, a chuva e as nervuras do mar com suas aves secretas empalhadas, a gaveta e os seus ossos e o silêncio da criança eviscerada e viva. Esse você em mim, ponte inatravessável, ponte em si, ponte. Desde você, seja lá quem seja, desde você, o caos percorre a carne de meus pensamentos, e o vento é minha outra casa. O curso dos meus ventos ancora sua existência. Assim, perduro continuamente, transformado no mesmo, no mesmo outro, continuamente mar em leito de rio. Mais navegante do que navegável, eu, abismo inaugurado para a calma das horas. No outro dia, num sonho, ouvi uma imagem que me fez lembrar a nudez do vento, a fragilidade dos lugares. Em minha casa, a morte presentificada no não falar sobre. Ah! a fragilidade dos lugares. Por isso, fortes paredes. Escutar paredes é minha ponte.

(29.)

E era saindo rua afora que eu adentrava o meu jogo de articular silêncios. E era nas poucas vezes que aquela criança podia materialmente estar fora da casa que ela colhia imagens e as empalavrava até emoldurá-las num mundo de hipercoerência, sem entrada e sem saída. Foi nesse exercício do ancestralzinho que me inaugurou que encontrei o como respirar e o como desdobrar o silêncio que noutros tempos me doía e que agora é matéria-prima para a nomeação.

(30.)

A construção do nome que nomeia o intervalo, a suspensão da familiaridade com todos os elementos que respiro, é nessa asfixia que há alguma liberdade possível, quase nenhuma. É nessa asfixia que sou um tanto quanto humano sem me envergonhar disso. Foi nessa asfixia que, pela primeira vez, de fato dormi com direito a sonhar, sonhar mesmo, não o sonho construtivo que enseja concretude, mas o sonho, o umbigo implausível, o instante de um exílio sem a menor esperança, ou, para ser mais exato, o sonho sem o menor desejo de estar de volta. Nomear, às vezes, é construir o próprio exílio.

(31.)

Estar aqui, não estar qualquer coisa, estar assim como respirar ou viver paralelamente a si mesmo, assim como um círculo metáfora de si. Ser uma coisa sem nome e bifurcada, absolutamente bifurcada e absolutamente sem nome, coisa contrária a si própria, e assoviar, na tensão de demonstrar o quanto é indiferente existir ou o contrário disso. E pode ser ainda que existir, essa coisa de essência oca, pode ser ainda que existir seja igual a beijar a vidraça chicoteada pela chuva, ou ainda olhar pra essa mesma vidraça habitada por sol. Pode ser que a própria voz seja a materialização da inércia, e que a inércia seja o modo humano de existir, de transgredir, ou melhor, o modo de cada um dialogar com seus deuses e demônios de bolso. Sim, sou um monólogo, monólogo sobre mim, escombro de estrela dobrada para dentro de seu arcabouço inventado. Sou um monólogo, sabendo que isso é algo impossível. Impossível falar a si, impossível falar-se: mera tentativa: de se achar ao raio de um braço, de escrita que não pareça anônima. Impossível ser outra coisa que não o quarto de infância e sua ordem estabelecida por um Deus morto.

(32.)

Não sei dizer; dizer o quê? Essa minha fala... não sei. Onde é esta casa onde sempre estou? Se a casa já me dói como mistério, afigura-se a mim, como hipótese insuportável de dor, o lado de fora. Por isso, talvez esteja pra mim à beira do impossível imaginar a janela aberta, dizer a janela aberta, ainda que a janela esteja de fato aberta. Quanto à minha gaveta, a gaveta trancada a chave que sequer parece existir, a a-gaveta, posso dizer que sou precisamente uma das suas quinquilharias fossilizadas: sou precisamente o que lá não encontro. Vazio fossilidado: coisa com poder gravitacional tendendo ao infinito, com massa e dimensão tendendo a zero. Vazio sólido. Vazio. Vento íntimo das pedras, modo de a pedra aventar-se. Fala reflexiva. Fala de falar essa coisa nenhuma que redemoinha a fala.

(33.)

Numa página, como se o vento me houvesse, pássaros imaginam mãos espalhadas pela metáfora de minhas chuvas: o tempo. Noutra página, anjos emigram para conchas internamente nuas e escandidas pelos olhos de algum homem só e em excesso, a folhear o corpo da mulher que o caminha até as palavras. Muitas vezes, saio para enxergar o escuro, entre os furacões e o verbo perdido, o silêncio, a voz, o espanto. É preciso caminhar as veias de um coração sem lado de fora. Todo sem lugar ou outrora. Apenas as paredes e a constelação de círculos pairando-me os ventos que desenho logo após o café e a tosse, logo após estalar as juntas e as palavras, percorrendo, de chuva em chuva, cindindo, de chuva em chuva, toda parte de minha matéria que não seja frincha apontada para o silêncio. Minha loucura é olhar e dizer dizendo o movimento, escutar o chão movido a orações profanas sempre circulando a minha voz com esses pássaros marinhos que algemam os meus opostos e molham de tempo as minhas eternas lamas. Meus sonhos fundados na lógica de deuses expulsos de seus próprios mundos. Areia caminha os meus lábios. E o mar que ouço é somente uma embarcação de luzes encharcadas. Em minhas mãos, essa água contida, explodida, essa água que explode para dentro desde que o homem adornou de vísceras o tempo..

.... e as horas revestidas de demônios na velocidade de não ser, e a nau de meus olhos que grafa, nas paredes do meu corpo, espaços orvalhados de algum peixe engolindo paisagens arcaicas.

(34.)

O amor: esse tecido de aço fluido, imagens póstumas soldando ventos que me estruturam as águas. O amor, esse talvez que faz do tempo um continente prenhe do que não lhe pertence. A escrita — dentro do papel. Dentro, mas que se constrói e se desencaminha cosendo a matéria mesma do que está pelos lados da folha. Fora mas dentro, dentro. Desnecessário abrir. Nada há para abrir — é uma questão de desdobrar o que está num ponto e de pontuar o que está aberto, supostamente insignificante.

(35.)

Estou assim neste aqui. E a consciência de meus retorcimentos coagula-se explodindo as veredas internas dos pássaros se a agonia ou a felicidade se extremam.

(36.)

Todo rumor me leva a esse ninguém que me escuta. Trabalho constante e letal para qualquer realidade que não em dissolução. Há também paredes em meus pensamentos mais leves. Penso nisso até quando o café empresta seu calor a meus olhos, e o sol me engasga. Minhas palavras, umas às outras se adentram, se engavetam; meus desejos pulam de agora em agora, sincronizando vida e morte.

(37.)

Penso que a infância, mesmo que em estado de vírgula, penso que a infância, não toda ela, é xícara de café sobre a mesma mesa da mesma casa — e a chuva lá fora fazendo fundo para o negror quente. Espécie de núcleo descentrado há na infância. Pode-se retornar a ele, pode-se encarná-lo em outro e em outro nome, pode-se vesti-lo de antinome, e ele não será anti nem será a coisa mesma. E a insônia constante que vertebra será sempre aquilo fora de foco, o não-é-bem-isso-nem-aquilo.

(38.)

Crucifixo, código fixo. Nem toda religião ao mesmo tempo, nem a verdade de um deus morto poderá compor noite de sono completa. E a gaveta permanece lá, com seu escuro incompleto e indestrutível, continente de tudo, menos da coisa que procuro neste presente contínuo.

(39.)

Mover os olhos e, então, a coisa mesma, a vestimenta que impregna com sua textura o oco, o eco, o cerne. Todo o raso contém funduras. Três horas e quinze, eu andava pela rua e, de repente, não sabia mais dos meus próprios passos, do mesmo modo que eu, criança, ria do vento, não sabendo que o vento, no futuro daquelas três horas e quinze, seria a melhor definição de certo sentimento constante, esteio de minhas palavras. E eu ia falando comigo em silêncio, e, quanta estranheza!, num instante, admiti, sem esforço, aquilo que sabia desde sempre: eu era um homem às três horas e quinze e sem história. Eu era heteronímia, seja lá o que isso for, e a minha história era, num instante, toda ela outras coisas, estilhaços, descerzimento, e, além disso, nenhuma certeza podia eu dar de, no futuro, ser ou não aquele que intentou guardar na gaveta aqueles objetos que já hoje não sei de que pertencimento sofriam-sofrem.

(40.)

Sei que é um simples ato, como outro qualquer, enfileirar palavras e com elas entear as coisas. Um modo, talvez, de ludibriar certas verdades derradeiras; um modo, talvez, de dissimular com a desculpa de não ser dissimulado. A dissimulação pertence à palavra, e ela já estava aí antes. Bem antes de me darem um nome, antes de eu ser alguém de um metro e setenta e pouco, antes de me decidir a escutar o que dizem e o que entredizem, os outros. Enfileirar palavras é um modo de existir entre tantos: tiritar entre o som e o sentido, auscultar esse tempo estranho em que o presente é o passado significando o futuro. Vivo ensaiando coisas que me perturbem a ponto de eu esquecer a minha insônia.

(41.)

Para escrever o corpo, tramar o sol. Para grafar as nervuras do som, autografar-se. Para o origami se abrir, escrever o entre dois espelhos. Olhos que se encontram para, autofagicamente, um corpo existir. O que, talvez, um peixe pense de meus ventos, ou não pense — eu e meus estratos: há fuga em andar para; ser enquanto isso, sim, e apenas. Rasurar qualquer vestígio dos arames usados para dar cúpula ao que se quer dizer. E bem dizer o açoite, e montar, montar com movimentos de dedos como que projetando bolhas, montar a presença do que não está. Poder dizer a coisa-não enquanto se toma um chá, trincando a xícara, aumentando a desordem do universo; e, depois, num aperto de mãos, lembrar de um lugar sem Deus, ou de onde Deus é apenas efeito do lugar, do lugar onde se passa todo o tempo pensando o lugar. A simetria não é mais do que uma inferência do olho, do desejo da carne do olho. Cartografar o olho, escrever o seu funcionamento eólico e, com esse mesmo olho, olhar um caracol e, a partir dele, entender. Isso: a casa é um modo de se dizer.

(42.)

Sei de cor o som do seu corpo, sei a textura de suas páginas mais azuis, sei os peixes de sua voz e quais de suas janelas não se abrem, sei a umidade de seu chão, sei as paredes de sua chuva, sei a lua em seu umbigo, sei suas vírgulas se fazendo caminho para o que não sei e a rouquidão específica de cada um dos seus silêncios e a ruptura de seus pensamentos quando me envio em leve vento fazendo-me grafia invisível em sua nuca, sei a mobília de seus olhos e os ruídos de suas aldravas, sei a sutil ranhura de seus dentes em meu cansaço, sei a alvura extrema de sua ante-sala e a nódoa que impede minha fala, sei a acústica de todo o seu corpo suando enquanto dorme sonhando o mapa evanescente dos meandros do miolo de seu rumoroso ser em carne viva. Pois aqui estou, metafórico e físico, encordoado na imagem do seu grito, sabendo o que não sei, falando o infalável, aqui estou, fora de qualquer casa, dentro de qualquer casa, caminhável, caminhante, quase transitivo, quase permitindo que as palavras me digam, quase sendo as palavras, quase sendo o que não digo, aqui estou, não redigindo a carta que me pediu, em que falaria de mim e só de mim, aqui estou, redigindo o seu corpo, fazendo do seu corpo palavra, ainda que sabendo que nem mesmo nas palavras pode um homem banhar-se outra vez no mesmo rio.

(43.)

E, no fundo, águas me precedem e me prevêem. Minha casa é só um modo de falar das águas. Minha casa também me precede. Meu grande enigma não é o futuro. São esses trilhos abandonados que, a cada instante em que me instalo, ganham a forma de outra e outra e outra água. Mileto pensa o cosmo a partir da água, a água é o seu deus morto. A água não é o meu deus, mas a palavra água é a minha casa, sempre que me lembro de mim: eu em gavetas de um rio de margens rasuradas. Apenas, assim, posso me saber de algum modo, e isso porque só as palavras me devolvem a ausência, essa coisa mais minha do que o meu nome. Mas o rio que tenho é coisa do jeito de um copo, um corpo, assim como o oráculo que tenho para pressagiar meu passado é esta gaveta, com o seu ar amarelo, ar de fotografia velha, de tarde de domingo. Penso, até e às vezes, que a casa precede as águas. Penso, ao contrário de Mileto, que a casa é a matéria dessas águas que instalam em meus ouvidos um barulho tão intenso quanto o que há entre uma e outra palavra — esse deusinho morto que me sonha.

(44.)

Se eu soubesse aparar arestas, escreveria um manual; não, mais que isso, daria ao homem a fórmula para ser o que é, daria ao homem um caminho confortável para o silêncio. Ignoro a proveniência de minhas vozes; assim, o tempo não é em minhas mãos. Minha casa é intervalar, um entretempo. A matéria de minha vida, não a memória, mas essa coisa agora que me representa para o vento; a matéria de minha vida me dá desânimo, preguiça igual à preguiça que tenho de acordar e de dormir — e de lembrar. Não tenho preguiça dos passos. Não tenho preguiça de executá-los, mas de cartografá-los; no entanto, só o que posso saber é isso. Cartografias. Cartas. Todas elas com as marcas dos meus dedos. Mesmo assim, as imagens me escolhem; e minha fala é uma fala infeccionada, purulenta. Penso mesmo em me adiar, doar a mim mesmo a pequena liberdade que há em transcorrer; isso para que as imagens, a uma certa distância, sejam menos claras e mais empalavráveis. Uma certa amnésia e olhos um tanto à deriva são necessários para que marcas do dedo sejam outra coisa além da marca de um corpo presente.

(45.)

Tenho medo: desse vôo sonoro, desse nadar sonoro. Aí sempre erro o alvo: digo a noite, e o sol é uma miragem. Fantasia inútil essa de eu poder dizer de modo exato, como se eu não fosse sempre o meu contralivro. Há alguns dias, comecei a adquirir o hábito de me entregar, o máximo possível, a isso de que tenho tanto medo; deixar o som me dizer. E já não sei mais quem é esse "mim", a que contextura ele pertence. Um som enlaçado a outro som, e o autor do enlace é tão substancioso quanto a sombra do vento. Um som enlaçado a outro, uma célula enlaçada a outra: essa dimensão dos enlaces é o ponto comum entre vida e morte. Mas, no fundo, morte é outra coisa; até Deus fica em silêncio diante da outra coisa. Até o demônio. Para exercer o meu hábito recentemente adquirido, comecei a escrever cartas nas quais cada uma das palavras escritas se endereça a uma outra palavra da mesma carta. Penso cartas em que as palavras são espelhos, umas das outras; cartas em que haja imagens entrecruzadas das palavras entretecidas a todos os possíveis sons de uma voz possível endereçada a um ouvido possível. Cartas.

(46.)

Muitas vezes, até me acho digno de ser essa coisa associada ao nome que me deram, e não digo isso por desprezo, pois essa coisa é o que tenho de melhor, coisa depois ou antes do nome que usaram para me dar existência. Noutras vezes, passada a euforia, penso que sou isso, o nome que me deram. Isso com todo o imenso peso de transportar no corpo o nome que parece existir desde sempre. O nome habita a coisa, e minha casa é um lugar entre isso. Difícil simplesmente habitar o lugar que se habita, sem perguntar pelo tempo. Não posso não perguntar pelo tempo, é um estilo de vida e de morte. A morte me sabe, a morte nos sabe a todos, e, se o último termo de uma frase lhe define o sentido, a morte, desde já, insere em mim os seus vazios, contornando-me por dentro e participando da forma de meus passos, um após o outro, um sobre o outro, dentro e fora do tempo. A morte, pensá-la, me enche de simultaneidades.

(47.)

Talvez, noutro tempo, eu me envolva em atividades mais calmas do que alinhavar o que as palavras não dizem. Aí eu terei me transposto, terei me traduzido para outro modo de espiar o vento. Suspeito, agora, enquanto corto as unhas, que a vida, a minha pelo menos, seja uma hipótese à espera de comprovação. Uma coisa sísifa, talvez.

(48.)

Não sei mesmo de onde vem esta habilidade enorme de existir a seco. Esta habilidade de respirar este ar-lâmina e de gostar disso e de gostar de ouvir o que refletem espelhos quebrados. Num dia desses, assistindo a uma propaganda de margarina, vislumbrei a morte. Mas houve também o tempo em que acreditei poder inventar uma religião particular. Seria algo tão falso quanto qualquer outra coisa que eu inventasse para que as propagandas de margarina voltassem a ser apenas propagandas de margarina. Não é que eu acredite em destinos, mas acredito no destino humano: cobra engolindo o próprio rabo. A partir disso, as coisas se tornam muito mais difíceis e muito mais fáceis. Então, resolvi me inventariar, reconstruir certos lugares com seus respectivos deuses, com seus respectivos ventos, com minhas respectivas vidas; isto se minha memória não fosse esse movimento sem rosa-dos-ventos que dê jeito; isto, se inventariar não compartilhasse os mesmos sons com inventar e ar. Cultivo todos os vícios, e nada diminui a incidência da vida sobre os meus olhos.

(49.)

Depois de não ser mais o tempo, depois de me aninhar no silêncio das imagens... Em verdade, isso é coisa para um futuro, para depois, que agora me falta coragem, que agora ouço o tiquetaquear do relógio com uma calma intransitiva. Depois, percorrerei de outro modo minhas palavras, e posso até ousar ouvir o entre elas, e posso até cultivar os nãos de que sou efeito. Por agora, prefiro viver sintaticamente, deixar as vias semânticas em teia. O que mais sou é isso, suvenir de palavras. Suvenir de palavras emitido por uma boca que não há, senão sendo ela também palavra. Reino da onipalavra? Não, estou tentando configurar a mim mesmo a dimensão onde estou engarranchado.

(50.)

Deve ser por esse meu enclausuramento nas palavras que não suporto um silêncio que não seja apenas ausência de palavras. É isso. Não suporto um silêncio que não seja o negativo da palavra, um silêncio para aquém para além da palavra. Silêncio em si é coisa que me dói mais do que essa compulsão de dizer mesmo sabendo que não tenho nada a dizer. É claro que eu poderia inventar outra coisa que dói mais. Ser humano é sempre poder inventar algo que dói mais. Por isso, tento não ser humano de vez em quando, mesmo sabendo que isso não é possível, que tudo que eu invente será invenção de humano, e que, mesmo dormindo, mesmo sonhando, serei um humano a dormir e a sonhar. Tudo isso é para não me lembrar o tempo todo de que não é possível nomear os segredos da carne.

(51.)

De qualquer modo, como saber a próxima palavra? A próxima palavra, a que vem do passado, mas não é passado; a palavra que transpira tempo, e não é mais do que um nó, um novelo daquilo que calo e daquilo que me pensa. Há uma história que me pensa. Desconheço essa história, que provavelmente não existe — e que me pensa — e que não existe. O que existe é esse nó, um quase instante, um quase lugar, uma vírgula na página em branco. Pouco, muito pouco. Mas, ao menos, é o que há de concreto em laudas oscilantes — esse entre a memória e a invenção. Tudo bem, mesmo essa vírgula pode se tratar de algo que inventei. Contudo, ela é inevitável, é o que de mais concreto há dentre as coisas que me presenciam como coisa minimamente digna de ser pensada. E de outro modo, ou seja, sem essa vírgula, se essa vírgula for retirada daí, toda essa arquitetura vazia, a que me atenho com tanta ferocidade, essa arquitetura se desarquiteta. Eu não sei respirar fora disso. Fui eu mesmo que inventei essa casa vazia, com suas vértebras, com seus cômodos ocos onde há sempre lugar para os meus suicidiozinhos. Admito, sim, essa obsessão por espaços dentro de outros espaços, daí, talvez, o meu fascínio por estar no entre um e outro espelho, o meu gosto por vinhos, a minha paixão por ler a textura do corpo sem buscar síntese.

(52.)

O corpo é a palavra reduzida a existir tautologicamente: o corpo é o corpo. Então, para falar do tempo-eu, eu falo da casa, das vértebras do quarto, da gaveta com suas paredes, redes de silêncio que perverto convertendo-as em palavras. Enudeço o espaço do tempo: minha história se torna o cheiro do lugar. Arrasto móveis com a delicadeza de um músico construindo o silêncio. Narrar-me, isso eu faço construindo o meu silêncio: empalavro-me. Para tanto, digo: estou, mais uma vez, às três horas da tarde, caminhando lentamente numa calçada do centro de Goiânia; o calor adensa o corpo, o corpo se torna mais corpo; impossível qualquer trama fora dele. Para tanto, me interrompo: o tempo aqui é o tempo da palavra: agora faltam três minutos para eu conhecer a mulher da minha vida: lá vem ela, vestido muito branco, ou muito verde, ou etc. (não é mesmo o vestido o que importa, sou profundo e não me importo com invólucros); então, lá vem ela: violíneas formas, o vestido de cor qualquer, talvez uma canção emaranhada nos lábios, ou, simplesmente, cultivando esse hábito, que acho insuportável, de falar sozinha: mais tarde, quando ela quase estiver deixando de ser a mulher da minha vida, mais tarde, eu direi a ela o quanto acho insuportável isso, e ela me responderá, como sempre, em tom meio filosófico, meio de galhofa e que tanto me agrada, ela me responderá que dizer que alguém fala sozinho é o mais imperdoável dos pleonasmos.

(53.)

Tenho aqui essas paredes para onde me envio e me inscrevo. Essas paredes enredadas em fuligem, como se à beira de um fogão a lenha. Tenho-as em mim, essas paredes de uma outra casa. Não que eu goste de fazendas, campo, mato. Não gosto. Gosto só de vez em quando, mas é raro. Gosto da comida do fogão a lenha, mas não do fogão a lenha. Essas paredes, porém, são em mim, e eu tenho de me haver com isso. Tento manter com elas uma relação semelhante à que mantenho com um objeto de arte. Não dura muito, logo quero entender, desdobrar — nunca fiz um origami, mas desde criança sou mestre na arte de desdobrá-los. Bebo um copo d'água, procuro um cigarro?, esse é um vício que falta em minha coleção, e por isso não há mesmo cigarro algum, há parede e fuligem, e a minha incompreensão diante disso, dessa outra casa que me intercala, dessa imagem vazia de sentido que me faz sentir o sem nome na espinha. Talvez essa parede aí seja a primeira linha da minha história, uma história que existe hipoteticamente. Estou sentado num banco de madeira avinhada, manco. Há fumaça na cozinha, o fogão a lenha na parede oposta à que estou. Pela janela, o cafezal. Faz muito sol e irá chover. Estou sentado. Olhando. Olhando, esteja talvez, talvez pensando. Pensar se confunde a olhar, não há som nenhum, como quando se lê em voz baixa. E, finalmente, me fixo na parede suja de fuligem; então durmo, ou acordo. O mesmo percurso se repete pelas mesmas imagens acústicas dos mesmos silêncios. Ocasionalmente, uma variação: parede, teia de aranha enegrecida, uma outra casa se misturando à de sempre.

(54.)

Vazio. Penso naquele olho vazio que me espia pela memória. E as paredes têm o odor desse meu jeito de olhar. Esse olho, a memória o enreda aos pedaços — fragmentos de vazio são o que dele tenho intracrânio, fotografados. O olho vazio precede a imagem, e é no seu vazio que me alojo e me assisto. E é de lá que escuto minha gaveta guardando coisas sem nome, para as quais vou construindo um idioma que adivinhe, ao menos em parte, as intenções daquele eu que guarda. Minhas intenções são as palavras que não disse, que sequer existem. O dicionário de mim é, por exemplo, essa gaveta que me escutou à espera de que eu a lesse um dia; o dicionário de mim é o objeto que sempre procuro e que só se encontra na gaveta quando ela está fechada, que só pode ser visto pelo olho vazio, o que se interessa pelos cantos de parede, pelos debaixos dos móveis, pelo risco na unha, pela nuca da mulher distraída e espraiada sobre a areia, pela palavra que se comunica a si mesma.

Esse olho também pensa muito sobre os vértices dos telhados e sobre o quanto as coisas esquecidas envelhecem e se tornam polimorfas e amantes de muitas palavras ao mesmo tempo.

(55.)

O olho vazio tem uma intimidade calma com a loucura, monótona em suas canções diversas, tão as mesmas, e sabe que nas gavetas ordenadas está o objeto procurado, disfarçado de coisa encontrável, estando assim perfeitamente perdido.

(56.)

Acordei hoje às 7h30, acordei e abri as janelas, há meses que espero por isso. Sempre muito difícil para mim, abrir janelas. Céu nublado, frestado de sol (nesses dias em que abro janelas, até mesmo comercial de margarina me parece ter algum significado outro). Como se estivesse entre parênteses, eu, à janela, olhando céu nublado e filetes de sol. Depois, o espelho, enquanto escovava os dentes; o mais difícil de escovar os dentes é me haver com o espelho. Sentei-me, então, à escrivaninha, logo após preparar meu café. A xícara sobre a mesa, ainda muito quente o café, exalando uma fumacinha veloz, como espírito deixando o corpo nos desenhos animados. Tentava ignorar que não sabia como agir; como subterfúgio, forçava-me a concentrar no texto que havia iniciado na noite de ontem, e pensava coisas tolas: Sou um profissional, Tenho um prazo para entregar isto. Era um artigo científico e havia de fato um prazo para entregá-lo. E daí? — dizia o redemoinho que se constrói em minha caixa craniana quando estou imerso numa situação sem saída possível. Tudo porque encontrara numa gaveta, sem querer, aquele caderno que me dava esperanças de compreender aqueles dez dias que me encarceraram por eu não ter sido o eu da casa.

(57.)

O que eu pretendia com aquela escrita hieróglifa? Relatar-me, delatar-me? Durante aqueles dias, consigo ainda me lembrar, perfeitamente, apesar dos anos, da sensação de, enquanto escrevia, compreender de modo absoluto o que ia construindo. Elaborações lógicas que se comprovavam umas às outras. Lembro-me de que o sentido da vida e da morte, o sentido da existência e da inexistência do universo, lembro-me de que tudo estava, de algum modo, claro pra mim. Enchi dezenas de cadernos, talvez centenas. Pensei haver queimado todos. E agora encontrei este. Comecei a ler-me ontem com a certeza de que nada iria compreender, afinal aquele eu daqueles dias era um eu fora das bússolas e dos relógios, era um eu vindo de não sei onde e que falava outra língua — pelo menos foi essa a convicção que entabulei na memória. Mas lia e compreendia, compreendia aquele texto, linha por linha, até o que não compreendia eu compreendia, devo estar é enlouquecendo, pensei. E o mais grave: é um texto em que falo a mim sobre mim — uma autofagia do caralho!

(58.)

Este passado-agora que me torna intercalar, calando o agora-mesmo, ou melhor, dizendo-o num silêncio que escutarei amanhã, perturbando, quem sabe, a minha digestão, nesse hipotético dia-futuro; assim pode ser que esteja no pós-almoço, palitando os dentes sem percebê-los — os dentes, os palitos, os dedos e sabe-se lá mais o quê —, tentando entender um silêncio que por ser silêncio humano tem palavra em volta, ou seja, tem passado-agora embolorando os ruídos calmos da digestão, tornando turva a distinção entre pedra e água. Ainda mais, fosse a memória uma coisa pré-ordenada, assim como árvore que existe potencialmente na semente, fosse assim, poderia eu, calmamente, diagramar a minha história, numa seqüência harmônica, o que me permitiria obedecer a preceitos tão bons e gentis como "Viva o presente, nisso consiste a arte de viver". Entretanto, o tempo-homem sofre de uma caleidoscopia irrevogável, que faz, por exemplo, com que eu perca a fome, deixando o nada de presente ao meu estômago. À presença tão contundente deste estômago, com ou sem fome, vem aquela sensação sólida de sob o sol a pino flagrar a luz, algo tão concreto quanto estar de olhos fechados. É um exercício dentre os muitos que faço, de olhos fechados, escutar o estômago, isto é o que mais acho próximo da experiência de estar morto, ser corpo e ninguém, apenas os ruídos de um lugar reverberando suas cheias e seus vazios: ser uma esponja, não ter água própria, assim como um corpo celeste que de seu tem apenas a própria escuridão.

(59.)

Procuro, quase sempre quando algum sono não me vem, o ponto desencadeador da minha própria história. Pode ter sido há cinco minutos. É constante que me revenha o caso do assassinato da borboleta azul, como se isso fosse o mote de todo o meu alinhavamento ao mundo. Sim, era apenas uma borboleta; porém, um assassinato. E ainda por cima de um ser absolutamente azul e que se tornou uma espécie de epígrafe que também é a primeira linha do texto. É muito estranho isso. Eu, aos quatro anos, encontro uma borboleta azul ensolarada e entontecida no chão, o que desencadeia em mim um misto de asco e deslumbramento; resultado: piso sobre a borboleta, esfregando-a no cimento, até que só sua síntese reste no mundo — o seu sangue azul ensolarado. Então, é assim que minha história começa? Com um crime banal e sem porquê. Porque sim, devia ter me respondido. (Pena que não evoluí muito. Depois desse crime, assassinei apenas vegetais. Eu, que detesto vegetais e vegetarianos — sobretudo discursos vegetarianos; sobrenada, as vegetarianas). Esse começo de história antecipa, penso, o ermo como esteio de meus modos. Outra coisa, esse início de história demonstra certa tendência minha pelo avesso, pelo não das coisas e, logo, um interesse incosturável pela morte, que se alastra pelos três ancoradouros do tempo.

(60.)

Quem sabe não se poderia falar de um certo gosto pelas tardes amarelecidas de domingo, quando até o vento se recusa a se mover. E outras coisas mais, ainda. Ler cadernos de resenha; dormir de olhos abertos; colecionar bilhetes de entrada de uma peça de teatro ou de um jogo de futebol a que assistiu na infância; ler *O inominável* durante as férias; gostar de pescar, mas não de pegar o peixe. E olha que, mesmo assim, o médico me deu o diagnóstico de "cotidiano muito restrito". Bom, pelo menos ele ainda concebe que eu tenha um cotidiano. O que não se perdoa mesmo é alguém que sofre de "ausência de cotidiano".

(61.)

Advertência — para alguém que pense em cometer um crime, ou se candidatar à presidência da república, ou pedir a mão da mulher amada ou mesmo desamada: esse é o pior dos antecedentes.

(62.)

A cada sete dias é isso: irremediavelmente é domingo: quando as horas são sem orifício. Dia bom para sentar-me diante de mim e escrever. Como a contextura do domingo é a da inutilidade, então, escrever e pronto. Poderia dizer "Escrever o que me vem à cabeça". Mas não é isso. Aos domingos, nada me vem à cabeça. Ah, e uma coisa curiosa, quando me lembro das pessoas conhecidas que já morreram, está registrado na memória: todas morreram domingo. Está registrado na memória — em mim, a memória não depende de mim. Domingos são apenas dias nos quais as palavras "dia", "semana" não colam. Parecem os domingos não pertencer ao tempo-homem. O domingo é silêncio, um silêncio de estirpe diferente desse silêncio emoldurado pelas palavras. O domingo é a rosa de Gertrude Stein.

(63.)

Tenho olhos causados por paisagens. Lanço mão das palavras para manejar as línguas do meu olho. Noutras vezes, um olhar sem olhos me pronuncia. São todos mecanismos muito particulares da memória. É outubro, tenho onze anos, e já penso sobre o vento. Venta forte e me impressiono com o fato de que tantas coisas permaneçam no lugar — essa constatação será alicerce de minhas ilusões mais severas. O sol, sempre o mesmo, e eu a não poder olhá-lo, fisgando sua imagem num relance, e usufruindo, depois, das impressões evanescentes deixadas pelo sol, a luminosidade negra, matéria necessária para minha brincadeira de estar vendo a realidade oculta das coisas. Às vezes, ainda sonho com essa antiimagem, esse abismo luminoso que me desaba tanto quanto me oniriza. Uma coisa semelhante a quando se ousa perscrutar essas lancinantes tranqüilidades que pontuam os nossos dias.

(64.)

Os rastros negros do sol, num de meus sonhos, eram a imagem do universo visto do lado de fora, da vida registrada por fora. O lado de fora é um desejo antigo em mim. Nisso consiste o lado de fora? A casa não tem lado de fora; tudo porque a casa é o lado de fora — desde criança sou dividido por entre dois rasgos, o fora e o dentro dos lugares.

(65.)

Um homem sem cotidiano, me disseram isso, suponho que foi o médico, não me lembro direito, sei apenas que é coisa muito antiga, ou muito recente — me recordo melhor das coisas intermédias. Nem mesmo me lembro se foi um fato, ou um fato num sonho, ou algo que pensei em meio a um sonho, ou ainda um elemento pertencente a esses devaneios que se tornam em nossa alma, sabe-se lá por que raios, coisa mais concreta do que a existência do sol. O sol está quente hoje, quase sólido, encostando em mim, chateando-me como aquelas pessoas que falam com o indicador, cutucando a gente. Aliás, esse sol absurdo que há aqui, nesta cidade, de tão absurdo deixa de ser uma referência central de realidade para ser uma referência central do absurdo; de modo que os meus devaneios, apenas por se contraporem à solidez desse sol, vão ganhando certa veracidade e, gradativamente, se tornam a coisa em torno da qual gravita o meu cotidiano sem cotidiano. Um homem sem cotidiano, genial!, isso tem cara de epígrafe, de epíteto, de epitáfio

— haja síntese, hein? Lembro-me de uma época em que decidi fazer uma coisa inédita: iria a uma festa. Esforcei-me por seguir o *script* assim, sempre um copo na mão, mesmo que vazio: numa festa, se você tem um copo na mão, tudo certo, você já não é um alienígena. Os meus olhos pensavam, exclusivamente, em dezenas daquelas mulheres. E isso foi o máximo que consegui de aderência ao cotidiano. Também oscilo entre estar ou não estar nos lugares, estou e não estou. O cotidiano exige que se seja topologicamente e cronologicamente correto, coisa que por mais que me exercite é impossível pra mim. Invejo as pessoas-com-cotidiano, o cotidiano é o meu impossível. E esse é o meu mal imperdoável — ao menos tenho um diagnóstico, sou um homem diagnosticável...

(66.)

Bom, é melhor dizer um pouco de outra verdade, ou seja, mentir com mais clareza, ou seja, encadear palavras com toda a honestidade possível. Sou, indefectivelmente, um homem diagnosticável — é isso que me enlouquece. Os relógios, escuto-os o tempo todo, como um cuco que desconhece as horas. Odeio as convenções, e a elas obedeço mais do que o ministro das convenções, o que não significa que eu obedeça muito. Obedeço como um cuco que desconhece as horas, porém finge entender todos os dialetos do tempo. Redundâncias! É que meu copo de inferno está pela metade, então eu fico assim, plausível e redundante. Não vejo a hora de o copo encher, é quando estou mais vivo, então o copo se derrama e se esvazia, é quando estou mais vivo. O que me enlouquece é o copo pela metade, esse meu persistente estado anímico de propaganda de margarina.

(67.)

Talvez uma leve inclinação dos lábios em silêncio, talvez
uma pinta ao entorno do umbigo, talvez, talvez, nenhuma palavra pode mesmo explicar por que, de repente, o
pensamento se torna monolítico, e as palavras pensadas
circulem em torno de um nome, um nome que circula
em torno de um corpo que parece construído para rede-
moinhar esta água anônima que inflama o meu próprio
corpo.

(68.)

Outro dia, ao escutar a palavra amor, imediatamente veio-me à cabeça a criança revirando a gaveta onde sabe perfeitamente que irá encontrar o que não procura.

(69.)

(Você é um homem que está na rua, você quase sempre está na rua, você olha o relógio, a sua alma tem engrenagens, você percebe e sorri. É evidente que esse você sou eu, é evidente que você não escuta a minha voz a narrá-lo. O sol, em sua cidade, como sempre, escaldante. Os homens que o perseguem o pegam. A rua espia você. Está decretado: você, 25 anos, solteiro, sem cotidiano, única ocupação: representar. Você, dado a monólogos, mesmo quando dialoga parece um monólogo, foi o que um familiar disse ao médico; você, apreciador de estar sozinho odiando estar sozinho; você deverá ficar recluso, por tempo indeterminado, na cidadela dos homens sem cotidiano, sob cuidados médicos, que dá direito a casa, roupa lavada, enxerto de medicamentos em sua boca e em sua língua, dá direito também a você ser, por aqueles dez dias, sem cotidiano. Você não gosta de porta fechada, você percebe que não gostar de porta fechada é um crime contra a lei dos homens com cotidiano, então você diz ao médico que não, não me importo, pode fechar a porta, e você ouve o médico lhe fazer perguntas com aquela voz barítona, como você está?, você responde que está bem graças a Deus, o graças a Deus conta pontos a seu favor, estou bem, você diz, enquanto, no primeiro andar subterrâneo de você, você medita sobre quanto lhe é difícil dizer às pessoas esta simples frase: "como você está?" Você continua respondendo ao médico de modo mentalmente correto, mas o seu subterrâneo não pára; por que será que é tão difícil para mim perguntar a alguém, "como você está?"; isso cria em você uma sensação esfíngica, você tem que achar uma resposta, essa sensação vai, gota a gota, velozmente, se tornando maior e mais intensa, você já não sabe se o médico, pela escrita de seu rosto, percebeu o que se passa no subterrâneo, que o subterrâneo existe, que o seu rosto é o subterrâneo escrito numa língua que o outro aceite escutar, que ele, o médico, caiu também nessa cifragem tão usada por todos todo dia, sim, o médico percebeu, sim, ele diz, você está melhor, o médico está realmente satisfeito, o seu faro clínico é mesmo muito eficiente, ele sabe que eu já recobrei a capacidade de lembrar a "minha" fala, e de dizê-la de modo convincente. O médico sorri, aperta a minha mão, e diz que em uns cinco dias eu receberei alta, que em uns cinco dias eu poderei novamente não gostar de portas fechadas, desde que tenha uma boa justificativa para isso, e, antes de sair, diz ainda acreditar que, em cinco dias, terei recobrado, plenamente, a habilidade de me justificar de modo convincente.)

(70.)

É certo que naqueles dez dias, na cidadela, eu só pensava palimpsesticamente, fabricava contexturas simultâneas de palavras que se recusavam a comunicar. Uma xícara de chá poderia ser indício de eternidade, ou da ausência dela, eu era só palavras arranjando o silêncio de um jeito que ser uma pessoa doesse de outro modo. Naqueles dez dias eu compreendia a morte, que mal há em compreender a morte por alguns instantes?, o mal não está nisso, mas em dizer isso, com palavras ou mesmo sem elas. Tornar o nada vislumbrável, dar-lhe contornos, ainda que esvoaçantes... Não, não pode isso, nem fora nem dentro da cidadela dos homens sem cotidiano. Não sabem eles que não se faz outra coisa, dentro ou fora de onde quer que seja. Mal sabem eles que o que chamam de minha-doença-de-monologar-mesmo-quando-dialogo, mal sabem eles que a linguagem é um grande monólogo, uma girândola de cacos refletindo uns aos outros a proteger-nos do de fora disso. Muito menos sabem eles que há o entre cacos, as pequenas frestas semoventes, e que mesmo os cacos-programados-para-se-refletirem-uns-aos-outros, às vezes, mesmo esses refletem coisas imprevistas.

(71.)

De outro modo, não posso saber nada. Então venho até aqui e falo escrevo, sabendo que ler escutar é outra coisa. Ao menor alarme, os ouvidos e os olhos se fecham, e a palavra passa a ser imagem não roçada pela luz. Levanto-me, vou andar, talvez mais tarde eu possa continuar a escutar, a ler. De vez em quando, há uns dez anos ocorreu um de vez em quando. De vez em quando me apaixono, olho para uma mulher e me digo "Vou me apaixonar por essa". Há vezes em que não basta fechar olhos e ouvidos, é quando necessito com urgência de me apaixonar. Que pensem ou que não pensem que estou troçando. É assim que acontece, me apaixono por necessidade, enlouqueço para não enlouquecer. Apesar de que logro me saber de um modo desbordado, como se fosse a pele de uma nuvem.

(72.)

Penso coisas assim, nem sei. Penso que essa mulher a quem agora amo, penso que essa mulher, de lábios que não se pode dizer que são finos nem que são carnudos, de cabelos ondulantes e claros, de dentes muito brancos, menos o canino esquerdo levemente amarelado, penso que essa mulher tem pensamentos ziguezagueantes, como toda mulher que tem um jeito para além da voz, um jeito de olhar de beijar de andar, de sorrir de dormir de deitar de me esquecer de me lembrar de brigar contraindo os olhos expansivamente, tornando, então, até mesmo sua voz algo despido dessa rouquidão sinuosa que ela é quase o tempo todo. Para brigar, sua voz se desanuvia para se vestir de uma outra sensualidade, mais macia, mais aguda, penso que essa mulher jamais diria me amar não fosse por essa minha estranheza de definir as coisas, de contar as coisas, de viver as coisas de um modo disperso, penso também que é porque ela me ama que nós existimos um para outro de modo bissexto, geralmente quando estamos cansados de a vida ser uma só coisa, de vez em quando ela desaparece, como no ano passado, em que esteve na Sibéria só pelo prazer da distância, conforme ela mesma declarou. Sabe-se lá de que Sibéria ela fala. Desconfio muito dos lugares, sobretudo se dentro de uma palavra. Talvez que os lugares sejam sempre outros, e nós mesmos, uma coisa difícil de fixar. Há uma terrível incoincidência entre mim e as palavras.

(73.)

Que se saiba: preciso lavrar a chuva, campear o vento, passar o dedo pelos contornos da Ásia, solfejar a pele das ostras, preciso empalhar o olho que me vigia para que a palavra possa me portar minimamente.

(74.)

Às 11 horas de hoje, comecei então a redigir isto. Queria me flagrar no tempo presente, queria que meus fósseis predissessem alguma coisa da coisa estranha que é ser homem. É impossível, os meus fantasmas são mais rápidos, e o seu idioma se desenrola numa sintaxe que não posso acessar a não ser por meio de minha própria sintaxe. Enquanto escrevo, sinto uma náusea forte, que não é a náusea existencial de que tanto falam, pois essa eu nunca senti, minha náusea é sempre náusea estomacal, náusea-corpo, dessas que turvam a própria capacidade de dizer e ouvir, dessas que, mesmo dormindo, se sobrepõem à grafia dos sonhos. Em dias como hoje, descubro coisas. Hoje descobri que a morte, antes matriz de todos os meus fantasmas, matriz a partir da qual pensava o meu corpo, onimatriz, vazio, fonte interpretativa para tudo de mim e dos outros, descobri que a morte é só um vazio que remete a outro vazio, é só um jogo de silêncios que se refletem, espelhos de frente um para o outro — descobri que a morte é só isso, um-me-fazer-falar. Fico tomado de uma imensa ternura, é assim que me foram dadas as palavras. É preciso dois lados da moeda, ou melhor, três, o terceiro, aquele que permite à moeda, desde que manejada com cuidado, ficar em pé. Sem a morte, só o presente contínuo, silêncio tão nu que seríamos talvez deuses, e não homens. E eu gosto de ser apenas um homem, apesar.

(75.)

De qualquer modo, penso que, por vezes, me torno mais um a fazer coro nesse elogio ao silêncio tão em voga, seja a propósito das letras orientais, seja porque o silêncio como mera não-palavra não passe de um conforto disfarçado de enfrentamento daquilo a que a palavra não pode se referir nem como contrário. Mas, por vezes, é mesmo isso que quero, palavras que elogiem o silêncio, um comprimido, um livro que fale de coisas profundas, a descoberta de uma transcendência-imanente possibilitada pelas últimas provindas da física quântica, ou ainda simplesmente mudar o canal da TV até que todos os meus problemas existenciais se resumam à ponta de um dedo dolorido, a olhos cansados, a este aparelho-corpo infectado de palavras: coisa viva e minéria, como as construções de uma aranha, ser para a construção da noite, noite possível de ser respirada por olhos. A aranha arranha a água, enverniza o vento com sua teia sem movimento e, manejando o espaço, infecta com sua imagem as laudas do tempo. A aranha tem como instrumento a noite e o desmantelo do tempo. O corpo humano não se compreende, apesar de imitar a aranha, canhestramente, se converte numa coisa minéria, possível à respiração dos olhos; mas as teias do homem mudam a forma do vazio menos do que trazem alimento. O corpo, como não dizem, menos casa, mais exílio do que ninguém que nada pergunta sobre o silêncio, o silêncio o é, esse ninguém que apenas pulsa e infecta o sonho de aridez plena com seu espaço molhado desaderente a qualquer nome. O silêncio difere o homem da aranha, o silêncio do homem não é silêncio-corpo, apenas.

(76.)

Pensar de um modo ou de outro, pensar em qualquer coisa para me despedir de ser as mesmas palavras, sempre. Cansa muito fazer o mesmo caminho com as palavras, mais do que com os pés. Os círculos são as coisas mais remotas. É muito difícil abandonar o sentido e dizer como quem respira, deixando para a palavra seguinte o sentido do meu instante. É assim mesmo o dizer sobre as coisas, a mesma sensação escorregadia e a certeza do erro. Uma espécie de secreta aceitação dos furos, do modo mesmo com que se vive certo da condenação à morte. Caminho por esta praia. Uma incrível monotonia na beleza das coisas, sobretudo se naturais. Ela, aqui, perto, quase fora de mim; não sabemos quem somos, nos conhecemos há cerca de oito anos, e nem parece, nem parece que nos conhecemos. É assim mesmo, há o rigor das horas, das horas humanas, com seus ponteiros constantes e rigorosos, fumando os nossos passos, soltando pelas narinas o poema fumegante que não queremos ouvir. Há na monotonia do tempo uma transgressão que não queremos olhar; menos ainda, dizê-la. É assim mesmo, olho para o relógio várias vezes ao dia, e nenhuma vez à noite. À noite, lanço mão de pobre metáfora: curto o rangido das coisas que em mim rangem, degusto na carne de tantas mulheres sem nome o que não se pode saber por meio de nenhum rigor ou constância.

(77.)

De qualquer modo, fujo do sem-nome das coisas, às vezes. Olho pelo buraco da fechadura. Há espaços im-
preenchíveis. Não é fácil conviver com esse paralelismo
inconstante. Porque noutras vezes sou um. Um *não* con-
ciso, quase inescrito, quase ágrafo, quase o sem-nome.
Fugir do sem nome é se aproximar dele: nomear é se
aproximar, metonimicamente, do sem-nome — assim
como a vida se aproxima da morte. Falo, falo, falo. Mais
do que minha alma, é meu corpo quem fala, ele, esse
adorador do silêncio. Adora-dor. Brincar com as palavras é perigoso, viver não é preciso. E eu aqui, narran-
do-me, não sabendo aonde esse esquadrinhamento vai
me levar, como já deixei claro desde o início. Não estou
enganando ninguém. No máximo, rasuras, e um pouquinho de ternura sem imagem nenhuma, como uma
palavra dizendo ela mesma — se é que isso é possível.

(78.)

Aqui, esta goteira, meia-noite, parece que não posso pensar em outra coisa senão em buraco. Escrever o som do que nem sei, vertebrar meus lábios com ausências; percorrer meu modo com inquietação. Há muitos dialetos girando minha máquina de pensar, e minha história depende de a qual deles dou a prevalência necessária para que uma história seja constituída. Não. Não é isso. Esses dialetos são meio que lituras em minha língua-eixo, dita materna, mas também paterna — língua habitat. É como dar instruções ao vento, querer que esses dialetos, que-me-dizem de soslaio, querer que esses dialetos se enderecem. Eles apenas se dizem, me dizem, ou simplesmente dizem.

(79.)

O som dos objetos. Tenho certo receio, tenho muito receio de quando som e sentido não se desgrudam, não se desgrudam do mesmo modo que palavra e silêncio. Uma narrativa é, num enclave presente, engavetar o tempo. O tempo do homem é palavrar. Em parte, é outra coisa; em parte, o tempo do homem é o-que-não-se-diz.

(80.)

(Fixar-se numa ficção, até o amor é isso; até mesmo sonhar é isso. Um isso, desses que vivem na sombra, me
disse nada, e é isso que me assombra.)

(81.)

Cativação dos sons. Em sua algaravia premeditada por deus nenhum, os sons engendram-se-nos. Se desse modo, sou entre o que digo. Existo?

(82.)

— Falo para me visitar. O silêncio é quando estou em casa

(83.)

Depois, do mesmo modo, inversamente, coloco-me num ponto fora de mim, para me chamar de ele. Para, acompanhado de mim, estar só e apenas. Observo este ele num espelho fônico, tropeçante; o ele é minha voz, coloco-me fora dela e me abro para a novidade de não ser eu. Casa talvez seja um modo de falar. Minha necessidade é de dizer a mesma coisa, até que ela se torne outra, até que ela se torne uma árvore sob a chuva, uma coisa transcorrendo no gerúndio, um espelho fônico, como disse, algo que na máxima identidade consigo mesmo encontre o exílio procurado entre o sempre e o agora. Agora, sim, agora há pouco, saí sob a chuva que não caiu, esperando nada e pronunciando palavras sem pensá-las. A loucura não é uma contrução fácil, mas lidar somente com o som das palavras é um começo. Tento encontrar a próxima palavra com que tecer o passado, uma construção constante e intensa como radiografar os ossos da água. Penso a textura móvel dos vazios, em como a aranha desenha a noite, exalando a luz macia de seu silêncio molhado.

(84.)

Inventar um silêncio que tenha como teor as vértebras
de minha água mais remota, mais remota não, não é bem
isso, não é isso, mais exato é dizer: minha água anônima, ou, ainda, água sem plumas, como o cão de João,
escorrer entre os sons encarquilhados dessa água pontiaguda, laminar, vento no vime das horas de um homem
fumando a linearidade do tempo enquanto espera o próximo giro do compasso, do ponteiro, do tempoespaço da
próxima palavra dissolvida no iminente futuro, escorrida em direção ao passado — tal qual diz a letra de um
tango argentino.

(85.)

Hoje começo finalmente a contar aquela história a que tanto me remeto. Não. Não sei a partir de que momento a história me conta. É vácuo. Simplesmente isso. O que mais poderia haver naqueles dias? As bancas de revistas, enquanto pão mergulhado no leite, logo ao lado, limo na calçada, e os carros, e o cheiro de urina, e eu. Gostava muito de parar nas bancas de revistas — o dono lançando aquele olhar-espanta-cachorro, e eu, aflito, olhando mulheres nuas e palavras nuas, querendo dar sentido ao sem-sentido tão estranho e familiar de toda cada hora. Que aflição! Qualquer cotidiano é de aflição quando me habituo ao cotidiano nenhum, ao ser apartado de qualquer cronologia daquelas, dessas que nos fazem confiáveis aos olhos de outro. Sempre andando pelo centro da cidade. A cidade, agora sei que meus olhos verbais a condenavam: o-para-onde-olhasse estaria condenado ao *minério das palavras*. Naquele tempo, lia Graciliano e o tomava como teórico de minha engenharia emocional. Pobre de mim. Engrenagens de pedra ao sol.

Corpo morto palpitante. Deveria estar no colégio, eu, o andarilho. Mas, no colégio, havia pessoas. Pessoas que certamente falariam comigo. Pessoas com as quais, de um modo ou de outro, eu teria de falar. Pessoas. Desejava e temia isso mais do que desejava e temia a morte. Eu, pedra heiddegeriana, a-cosmológico, sem mundo. Exagero? Minha vida, um exagero. Uma ingenuidade, impressionante. Mas acontece que a ignorância se desloca com as palavras. Hoje, não olho para o tempo como se olha para o calendário. Ah, sim, no colégio, havia pessoas que falavam comigo e, pior, me olhavam.

(86.)

Tenho um enorme interesse por todas as coisas, apego-me a elas. Aderido estou ao que vivo, ao tédio das horas pontuando o espaço, à maquinação do meu corpo sendo a ponte de si mesmo para o instante seguinte.

(87.)

As palavras não são o intermédio para as coisas, mas as coisas através das quais me encarrego da vida e da morte. As palavras podem se tornar religião, pode-se acreditar nelas, pode-se até não se saber da antropofagia delas; mesmo assim, pode-se amar a calma virulência delas; as palavras, a velha história, *religare*, uma palavra enviando à outra sabe-se-lá-o-quê, e nós, nomeados, em nós vazios, sons nenhuns por onde transita o que mais (ou menos) somos. Palavras tendem a dizer-se, e a insistência, em mim, de repetir isso, e esse silêncio repetitivo metaforizando a mesma coisa. Lembro-me de outras coisas, lembro-me de minha mania, desde a infância, de visitar a minha imagem no espelho, e de achar-me belo, e de achar-me feio, a captura irresistível das imagens, a voz dos outros no meio disso, eu me achando belo, eu me achando feio, eu me achando bom, eu me achando mau, eu enganchado na relação entre cores, formas, palavras que não sei se disseram, ou se eu as construo de agora para ontem.

(88.)

Um instante-marco, um desses divisores instalados na garganta, entalamento que passou a me constituir. Noite, a avó, morta. O corpo em um quarto cubicular, no subsolo do hospital, dez anos eu, à porta; um por um, os parentes se indo e se vindo até ficar nenhum; eu descobrindo, simultaneamente, a concretude inelutável da morte e a concretude inelutável de estar só — daí a compulsão religiosa das palavras, *religare. A gente fala é para desendoidar*, ou pra endoidar de vez. A gente fala pelo motivo mesmo que aranha enteia. Enteado, navego o inavegável, por um tempo, é claro, como aranha jogando xadrez com a morte. Isso é oração, oralmente desmentir que as bifurcações se iniciam em um ponto futuro, na síntese dos abismos. E, então, o corpo no quarto, a avó, como se dormindo, acordada numa instância que não se insinua. O seu um dos olhos cego. Olhos não olhando para. Olhos introspectivos, desertos de frente para o espelho. Fotografia do agreste. Pedra e sol no coração desacordado da criança nascida para o desacordo. Criança nem sempre cordial, serzinho de esguelha, vocacionado para o dentro. Se, naquele tempo, eu conhecesse a palavra autofagia, talvez tivesse doído menos.

(89.)

Daí em diante, trabalhei meticulosamente a louquice, a capacidade herdada de pertencer às espumas mais do que às palavras, se é que há diferença visível entre espuma e palavra. Punição? Não garanto. Garanto apenas que, quando se enlouquece, se compreende o que tanto se lutou pra esquecer, de uma só vez, é como olhar para o sol sem esforço; depois, retornado ao normal, claro, tudo parece mera besteira, além de que se esquece de quase tudo.

(90.)

A gente fala é pra fundar memória, ou seja, pra esquecer o inesquecível, pra não lembrar das coisas muito importantes, muito belas, muito horrendas, não tecíveis, não nomeáveis, não nós, desnoveladas, somente nuas e elas próprias. A gente fala pra poder discutir se Deus existe ou não, pra se perguntar o que é a vida, pra falar do pai, da mãe, pra bendizer a filha, pra conversar e versar acerca das mãos roxas da avó morta, da solidão da criança diante disso. A gente fala pra oralizar o corpo, dizê-lo, torná-lo imaginariamente som e forma ecoando para sempre, para o sempre humano, sempre curto, mas de um doloroso quase suportável, um pouquinho apenas mais do que farpa entre unha e carne. Sol entalado no coração — que coisa mais bela o indizível — empalavrado, permanecendo indizível.

(91.)

A vida só é meio-possível porque fomos inventados a paradoxo. Abre-se o texto de um sonho, aprende-se a soletrar certas coisas, aprende-se que o sol é sustentado pelo vazio nas profundas alturas que dá consistência desde o mais chão até as metafísicas mais delirantes com a qual recobrimos a dor de não ter para onde ir. Dependo das palavras para existir; fora delas sou um homem que anda, que sopra o café quente na xícara. Existir demanda desentendimento, existir demanda a ourivesaria do vento, existir é desmanchar, tento a tento, a certeza contínua desse vazio, o tempo.

(92.)

Muito para dentro, sempre acreditei que não fosse uma escolha movimentar-me. Anatomia de uma alma enclausurada no vento: talvez aqui Vieira me puxasse a orelha; para ele, árvore tem e deve ter, sobretudo, tronco; mas eu gosto de folhagens também; além disso, não estou certo de engendrar outro tronco, penso até que estou seguindo os preceitos de Vieira. Nunca falo mesmo de outra coisa: sou lapidar, monologar, monolítico, monotemático, e o contrário disso. Falo sempre do que a vida não é, falo sempre. Durante cerca de vinte e dois anos, a minha clausura, escolha minha, estranha, familiar. O tempo ósseo de cada dia, do qual um nome me protege, permitindo-me algumas noites de sono — há máscara mais eficaz do que nomear? Em nomear, há algo de um melindre espantoso, a máscara pode escancarar a boca e nos tragar, revelando pelas narinas a fumacinha rala e transitória que tentamos representar. A fumaça, esta casa agora. Já se disse por aí que a fruição estética dá algum sentido à dor do homem. Quero acreditar nesses bricabraques do espírito critalizados no Outro que me nasce e me engole, quero acreditar que *a imagem poética é sem passado*, é sem futuro, quero acreditar nisso, quero acreditar no instante, que o instante existe, apesar de todas as provas contrárias. Quero, apesar de tudo, demonstrar que o presente tem pouca consistência própria, quero acreditar que *o futuro é o presente se dissolvendo em direção ao passado*, ou que *a história é síntese presente do passado*, e, assim, concluir, porque é mais forte do que eu, que o presente é uma ocupação com o que lhe é exterior.

(93.)

Anatomizar a alma parece coisa arcaica, mas, curiosamente, anda em voga. Poderia reunir minhas noites, cartografá-las e crer nisso sendo a anatomia da minha alma, ao menos. No entanto, agora, a necessidade de uma espécie de abertura, de um ar, um outro. Outra, na verdade: preciso agora falar dela, uma pinta incrustada na nuca, nua. Falo dessa que possui o traço que me faz insistir em amar: certo jeito de olhar, uns olhos que se apertam e se expandem. Essas mulheres que se ausentam só pelo prazer da distância, que mesmo presentes têm nos olhos um som pretérito, e um jeito de sorrir que instala em minha carne a esperança de poder repetir a felicidade terrível, a que nunca houve... Não quero revelar o nome, nem também chamá-la de ela, então a chamarei Ana, nome anônimo. Ana, assim: cabelos de um vermelho leve, olhos cor de vento úmido esbarrando em seca folhagem — olhando para eles, ouço pés construindo o estalo das folhas. Cada dia vestida de um jeito, sempre meio anacrônica, gestos polidos, dizendo o que bem entende, palavrões e palavrinhas, articuladas de modo oracular, como que a fundar um mistério, ou talvez gosto de acreditar nisso, para me açular a atenção, pois sabe ela de meu hábito de me ocupar com o vazio das palavras. Sim, é evidente que traço a imagem ideal de Ana, mas quem sabe como Ana é no real da vida? Ana é a que disso menos pode saber. A palavra é espelho vago, furado, constrói cômodos incômodos, reparte até mesmo o vento, até mesmo certa compulsão à univocidade; meiose, plurose, a palavra faz de nós cortiço, casa de cômodos incontíguos, nos dá o de crer, crer no vazio e na presença, simultâneos e excessivos. A palavra torna-me o contrário do "me". Falando, injeto tentáculos na grafia perceptiva dos fatos.

(94.)

Pertenço mais às fraturas, sou casa entre vértebras. Um enigma me traga lentamente e me ri. É difícil suportar a afinidade que tenho com o vento e com as pedras. Ser eu é um sonho, tento me lembrar disso, de olhos abertos tento me lembrar disso. Meu enigma resulta da invenção: eu. Um tanto me revolto ante o fato de que desde já sou dissolução. Por isso, a casa, as paredes, a crença no dentro e no enigma que tento sustentar — pois não há enigmas, até eles fomos nós que inventamos: o que há não tem nome. E então que me sustento nisto: eu; finjo acreditar nesse mero caco de som que me permite mirar o estranho corpo no espelho e dizer: eu. Ah, minha inaptidão para a palavra que me comunique, que comunique qualquer coisa! Minhas palavras são para não dizer. Mas então por que falescrevo? Para não me deparar com a ausência absoluta? Para não experimentar a imbricação entre "eu" e vento? Para criar um silêncio e colocá-lo no lugar do silêncio impensável e informe, o silêncio que não é sequer silêncio ou enigma, um silêncio que simplesmente não é? Somos todos perversos; ao menos eu sou perverso, creio no que não creio, sustento o insustentável, ando com a eternidade nos olhos sabendo-me palha e eco.

(95.)

O enigma, respiramos o enigma com a pele, com a carne, com osso, com as palavras. O enigma, inventamos o enigma, apesar de que ele nos precede. O enigma salva o homem.

(96.)

Tenho pensado na morte tanto quanto Sísifo pensa na pedra. Vivo entre parênteses, há um sol entre meus dentes e um grito sem boca serpeando o meu corpo. Meu corpo, onde moram ninguéns. Meu corpo, a escuridão dentro dele, tenho pensado na escuridão dentro dele: a noite é a única verdade que não muda. Não muda, grita. E o sol entre, entre os dentes ordenando o grito-noite, escandindo-o, articulando partes, compondo nós de areias para embalar a noite do meu bem. Amo uma mulher que precede o meu saber sobre ela (O que se pode saber sobre a mulher que se ama? O que posso saber sobre a mulher que capturou a sua própria boca e se tornou o centro de toda uma ficção-eu?)

(97.)

A morte, a mor te, amortecer, amor te ser, a morte ser; apontar para o que não é jogo: morar nas palavras não anula o corpo e nem o fato de que dentro do corpo é noite, sem lua nenhuma. Falando em lua... Eu me propus a lutar contra isso, contra esse pensamento em torno da coisa mais dura do que o não. Estou vivo, estou entre pessoas e não sei o que é isso, sou-estou num corpo meu estranho e não sei o que é isso: tenho pensamentos que pertencem à coisa-eu, meus pensamentos e a coisa-eu me parecem tão herméticos quanto pronunciar "nada" em aramaico. Vivo radicalmente sendo minhas palavras. Vivo? Que coisa mais eólica ser o sopro que percorre o meu corpo e me abandona pela boca! Poderia tentar falar de coisas mais práticas, como se diz. Dizer verdades na pretensão de estremecer a ficção-mundo, mas não tenho nada a propor, nem mesmo desejo propor nada. Minha fala é imposta, imposta por ninguém, não poderia falar de outra coisa. Poderia louvar o outro lado da lua, ou aquilo que é desprezado por todos, mas eu mesmo não vejo por que prezar coisa alguma, o outro lado da lua também é expressão do nada, o universo inteiro é expressão do nada.

(98.)

É tão difícil admitir que o nada absoluto é o núcleo de todas as coisas, que é pra lá que palavra e silêncio e sonho e afeto e desejo e amor e vida e morte e lua e cabelo e olhos e maçã e chuva e carne e teia e janela e chão e gaveta e aranha e tudo e Ana que é pra lá que tudo aponta. Eu, você, Ana, e o meu amor tão autêntico quanto é possível que algo seja autêntico. É tão irracional o meu amor, Ana, meu amor tão ósseo quanto o meu silêncio, Ana, mas também, Ana, tão nu quanto a carne desenroupada de pele, a carne pulsando... Sim, Ana, hoje meu copo de inferno derramou. Escrevo, Ana, com a bílis negra que do copo se derramou, escrevo com a sobriedade de quem sabe que toda ética e estética é coisa pouca, um guarda-chuvinha flácido tentando amanhecer em nós algum Deus que sustente de novo, no miolo do mundo, as canções de ninar.

(99.)

Ana muda tanto os cabelos. Ana muda tanto de idéia. Ana tem um jeito oracular de me ouvir, um jeito físsil de me falar e de me ouvir. Ana, por existir, ensina-me a ser outros. Seja Ana quem for, ela, sempre a mesma e sempre outra. Amo mais em Ana um algo penumbroso, úmido, olho de peixe implantado em pássaro. Tudo o quanto falo, que não sobre Ana, é justamente pra fugir, pra não falar de Ana. Tudo o que falo sobre Ana não é menos que um não-falar sobre Ana. Pensar em Ana é minha casa. Estar com Ana é meu exílio. (Quando, em palavras, posso pensar e estar com Ana; imerso no campo animaginário, descoberto de palavras como um fio desencapado, e me queimo, e me enguio, e me restrinjo à primeira pessoa do plural, e isso me queima de um modo tal que tenho medo de não mais querer viver outra coisa.)

(100.)

Às vezes, sou apenas isso, mão escrevendo. Olhos dedilhando. Às vezes, sou unicamente distribuído em palavras. Tenho uma lembrança de Ana que não posso compreender. Penso ter visto ela numa espécie de armazém, numa cidade pequena, numa chusma de gente, numa dessas festas populares, religiosas. Ana diz que não foi assim, e eu digo a Ana que comecei a amá-la a partir dessa lembrança. E Ana me diz, misteriosamente, que eu sou eficaz em produzir distâncias. E eu digo que ela é eficaz em enigmatizar o que é tão claro. E ela diz: claro, pra você, é o quê? E eu, é claro, conviver com o enigma. E Ana ri, sabe que sou dado a metafísicas, já que não bebo constantemente. E, besta que sou, tento argumentar, dizer a Ana que, às vezes, sou fora das palavras, que vivo essa lembrança de ela, Ana, no armazém, e que aí sou eu a sonhá-la. E aí ela diz: viu, como tenho razão? Ana sempre tem razão. Isso a torna insuportável. Eu amo Ana. Isso me torna insustentável.

(101.)

Aquilo que não posso dizer — porque desejo. Discurso em três dimensões, em quatro ou mais se for preciso. Só a minha sombra posso fotografar, esse é meu jeito de conviver comigo. Um passo depois, e será tarde; então, que seja tarde: algum dia serei transbordante. Farei o sinal + coincidir com o meu sinal –, garantidor de minha existência cautelar. Só assim deixarei de habitar-me. Inventarei o lado de fora, o que respirar. Deus não existe de mão beijada. A condição para que Deus exista é a linguagem — eis a metafísica do Rosa. Anos para entendê-la e formulá-la pramim, pranada, sobrenada. Depois de muita discussão com os meus botões, entre suas respectivas casas, penso, agora pelo menos, que isto aqui, este cardume de palavras e instantes, tende quase para escrever a escritura do que não se pode escrever — mesmo que sabendo que metalinguagem mesmo não é coisa deste mundo. Meta-qualquer-coisa, só restam pedra e sol, só resta o que o olho não suporta nem fechado.

(102.)

Há toda uma população de janelas remotas que se abrem porque são obrigadas a isso. Liberdade maldita: tenho um relógio nas mãos e desconheço o tempo, há madrugadas fervendo em meus olhos e uma extrema perturbação nas folhagens mais sensíveis de mim. No extremo de uma montanha à beira dessa mulher que não há, encontro um mapeamento possível dos ventos. Ontem, ou quem sabe hoje, sentei na varanda, só pra relaxar e ler o apocalipse. Sou mesmo um homem dado a súbitas paixões: não é que, há um mês e meio, só penso em cartografar? Quero mapear o vento, amanhã, talvez, uma velha paixão, as águas. Água pra mim é sempre águas, é palavra que tenho dificuldade de pronunciar no singular, e até agora não sei se, para superar isso, devesse procurar um sacerdote de deus nenhum, a melhor opção para não se saber antecipadamente, para se encontrar aquilo que se apresenta como incontornável.

(103.)

A palavra é a pedra que Sísifo tanto empurra. A palavra é o empuxo, o enleio, o suvenir, a distração para que não fixemos o sol ou a noite de modo tão direto.

(104.)

E depois do entre, lâmina e água, a angústia do observa-
dor de ventos — os meus nós desertam-me. E o quem
observa, intransitiva terceira pessoa em mim que se fala
em frinchas. E tem também o grão de vento, objeto da
minha mitologia particular — ando privatizando tudo,
meta, mito... Mitologia poética ou lunar, aranha entean-
do o lugar, Laos ou aqui do lado, o que não se tece, o que
não, se nunca, e essa maldita irreconciliação entre o lápis
e a pele: as palavras, virulentas, estas que se alimentam
de nossos passos pela pele — e depois nos abandonam
cansadas do corpo cansado.

(105.)

Por que essa co-moção, essa compulsão, essa projeção da origem sobre o fim, retroagindo e, enfim, determinando o nosso olhar sobre as coisas, por que essa obsessão pela origem, por engendrar um ponto 0? Por que não nascer um poema enquanto se olha para um prato, em vez de se querer descobrir a origem daquilo que não tem origem, esta voz, esta casa? Isso está aí, suas partes são simultâneas no tempo, e ponto. Bebo o café em xícara povoada de pensamentos (café amargo como um sol). Devo dizer que sonhei: eu, numa sala vazia, ao centro uma única foto, sol e pedra, só; luz, vida não, sol e pedra — acima daquela escrita da luz, um som, o título: Alma. A existência tem muitos lados. (Depois desse sonho, acordei com sede, reação óbvia e esperada em alguém como eu, antibudista.) Adoro estar em dois extremos ao mesmo tempo, o que é muito diferente dessa coisa de caminho do meio; prefiro o caminho de fora, tenho muitas afinidades com o imponderável. Ana me ama assim: se eu digo que gosto de chuva, ela me responde que prefere música mais leve ao fim da tarde. Nossa comunicação é a dos namorados: muitos desencontros entre nossas palavras. Não somos, porém, o contrário um do outro — isso acabaria dando em equilíbrio búdico. Digamos, então, que eu sou o som de um pássaro bebendo água, e Ana, a folhagem imprimindo o vento em minhas retinas.

(106.)

De um modo ou de outro, não há como fugir do cansaço. Não há como fugir do silêncio, do não-silêncio. Temo a morte, amo a morte, uma coisa e outra, e o entre isso, tudo, mais um ingrediente pro aumento do meu cansaço. A ficção do amor, apesar de seus ganhos, também cansa; a ficção do ódio, a ficção da indiferença — um grande espanto pra mim é descobrir que também os afetos pertencem ao campo da ficção, também eles passam, e cansam. Isso foi o que Ana me disse, noutro dia, e, tenho de confessar, eu a escutei com enorme cansaço. Outra vez mais, Ana está com a razão. Ana e seu hábito de freqüentar a razão. Tudo porque Ana é louca, e já não se sabe quais de seus extremos é autor do outro extremo, e nem se há uma terceira Ana, inquieta e insondável, sustentando aquela que acende o cigarro e sorri, extremamente cansada, também, de fumar e sorrir. Em Ana, a beleza árida de quem se esforça por ser o próprio contrário; ou que, pelo menos, se esforça para que se acredite que ela se esforça justamente por ser o seu próprio contrário, e isso explica sua beleza árida e difícil. O que eu e Ana somos um do outro? Se somos algo um do outro, ser consiste em mútua perturbação: não nos deixamos dormir nunca, o que gera a impossibilidade de sonhos, ou melhor, a impossibilidade de sua introdução na vida, de modo a, pouco a pouco, cada um de nós doer-se mais morrendo, vivendo cada vez menos ocupados com o que isso quer dizer.

(107.)

Cada-vez-menos-ocupados-com-o-que-isso-quer-dizer, um agrupamento sonoro, enfileirado, emitido por minha boca; eu, mais intensamente aderido ao enfileiramento em si, eu confiando que, se eu assim, as palavras me dirão melhor. Agora, obediente ao exercício que só os loucos praticam sem culpa, direi *meu pai tem uma plantação dentro de um versículo*, palavras que, certa vez, me disse uma louca, sozinha em seus sons, enredada de tal modo na beleza do que disse, que a si mesma se compunha triste, remota, meio desalmada até, sendo mais outra pessoa do que ela própria, a louca sem eira a que se agarrar, sem beira por onde enfileirar a voz sem causar espanto. Tinha-se medo dela, mesmo eu, que já experimentei a loucura por dentro e por fora. Temia ela, às vezes, por uma espécie de contaminação; outras, por existir no instante da frase, sendo-a. Ana e seu hábito de freqüentar a razão. Quando lhe contei da louca, sorriu, quase com ternura, quase compreendendo o meu passado tão recente, tão distante passado do que me espera, talvez.

(108.)

A memória é indestrutível, nem a morte me salvará de mim, quero crer nisso, Ana! Ana, essa é a melhor parte da minha metafísica de bolso, exata quanto o vento na água esgrimindo o tempo, dando curvatura aos nossos olhos. O amor é uma história. E a história é o vento escrevendo na água: por exemplo, as dobraduras da água.

(109.)

A gaveta é o *punctum*, o que não está, nunca estará: lugar exato da ficção fundamental, sem história, coisa punctiforme, pontiaguda, pungente — como diz Barthes. Coisa entre palavra e imagem, pedra discursiva, ventania espalhando papel pelo quarto. Debaixo da vírgula, o necessário — eu é que não a levantarei para olhar e descobrir que o necessário é insuficiente. Os códigos são necessários (engodo necessário), mas insuficientes. Meu corpo prossegue vivendo morrendo, e mesmo minha voz esbarra no que já é pó. Palavras são tentativas de se reconciliar com a morte, e a morte é a carne da vida, a morte pronuncia delicadamente nossa origem. É isso mesmo, meu fetiche é definir, e assim me perder.

(110.)

Se finalmente fosse narrar a minha história, teria de ser assim: nasci; cresci sendo triplo, em meu bairro, e nas ruas dele me sentia em casa; em casa, sempre em mim, e à vontade com isso; no colégio, sempre em mim, e extremamente envergonhado disso. Esse eu que agora fala foi, sobretudo, uma criança triste, monologar, imensa de segredos, crendo que tudo era pecado, se expresso — expressar era a máxima culpa. Comunicar?, nem tanto: comunicar significava falar observando o código do bairro, da rua, da casa, do colégio, o código de cada lugar. Logo, sabendo o código do lugar, eu estava em casa. O colégio era exceção. Lugar de código fácil de se saber, mas ao qual eu não conseguia me adequar. Depois, a adolescência ( ), um hiato. Esse hiato e a tríplice divisão de minha infância são a minha história. Vivi uma antinarrativa. Minha história é: a casa, o quarto, a gaveta. Poderia até contar fatos isolados da minha vida, narrativas mínimas que, por sua pulsação significante, valem mais do que tudo o que eu possa contar detalhadamente. Por exemplo, certa tarde, eu no ponto de ônibus, quando apareceu uma velha, meio suja, cenho sulcado e pouco terno:

— Viu a novela ontem?

— Não assisto — respondi.

— Tem cigarro?

— Não fumo.

E ela, rindo alto:

— Coitado, ele acredita que Deus existe.

Portanto, nada mais a contar. Aquela mulher me disse, me leu, sobretudo me escutou, e ousou ainda me rir, alto. Essa mulher sabia o caminho dos outros. Dela própria, saberia os passos? Mulher íntima demais da morte para ser conforme a voz daqueles que a disseram.

(111.)

Aprendi com os haikais certa coisa sobre o vento, e o vento se fez outra metáfora do tempo, e o vento me ensinou que o tempo é sobretudo mar. Assim, quis ser somente o lugar — e aprendi também que vento pode ser apenas uma palavra com cinco letras. Aprendi que falar pouco, esse meu jeito, que falar pouco pode ser jeito próprio de existir. Então, se falo por fragmentos, isso é sim coisa muito do meu tempo. No entanto, se fosse eu de outro tempo, ou seria ágrafo, ou seria o mesmo, fala por fragmentos. O vento me ensina concordâncias entre o tempo e o lugar, que o tempo é o movimento do lugar, e que o lugar é a interrupção fluvial do tempo. Ainda mais, que o vento mesmo, em si mesmo, é a gente olhando pra ele; e que, mesmo a gente olhando pra ele, há algo do vento que se recusa a nós. Então, para não me calar nem falar por resignação, sobra-me ao eu da casa, e aos outros, a fala punctiforme, gaguejando imagens. Sou de pensar imagens, cheirá-las, bebê-las, inventá-las, mesmo com esse meu jeito calado triste e sóbrio por fora, ruidoso triste e esburacado por dentro.

(112.)

Narrativa mínima minha, outra: primeira confissão. O padre, perguntativo, com o rosto quase acusativo — conforme o eu da casa, certamente acusativo (que diferença haveria entre pergunta e acusação?)
O padre:
— ...
O eu da casa respondeu, sempre incerto, como costumam ser esses eus da casa:
— Sim, tenho um medo oracular de um verso. (Essa minha primeira confissão foi aos 23 anos, sou meio lento.) Medo, não, é pânico. Tenho pânico deste verso de Orides, muito parecida com a mulher que me leu, me escutou... "A infância volta devagarinho", como se pode dormir depois de uma frase dessas?
E o padre me interrompeu com sua cara de, sempre segundo o eu da casa, com sua cara de "e os pecados?". Em meio a tanto hiato, perguntei, então, olhar, durante a missa, para as coxas nuas da mulher ao lado, isso é ou não é pecado? (Juro que, de nervoso, falei assim, rimado.)
O padre riu — também ele soube me escutar.

(113.)

Falar da casa é um disfarce, só assim sei falar do outro, da outra. Ana é quem desarruma essa fórmula. Talvez que eu fale de mim para não falar sobre Ana diretamente. Falar sobre Ana, diretamente, me dói as vistas — como dizia minha avó. Talvez, talvez: lei fundamental do funcionamento da linguagem no eu da casa. Talvez tenha sido Ana quem me derramou do lugar e o tornou lagar, ou, outra coisa ainda, me provou a existência do de fora. Depois de Ana, a gaveta do quarto da casa tornou-se para mim apenas um dos lugares portadores do objeto que nunca está, porque, ainda que haja, não há — nem antes nem depois da morte. Para falar melhor de Ana, devo falar de Camila, de Beatriz, de etcétera. Para falar de um lugar, deve-se falar do lugar ao lado, e do lugar ao lado do lugar ao lado etcétera. (E assim terminarei, pateticamente, falando do lugar primeiro, a mãe, como queria Freud?).

(114.)

Muitas vezes, esforço-me vigorosamente por mexer, ao menos, a ponta de um dedo; impossível como se embrulhado numa pedra vazia. É um sonho, fico sabendo depois; mas, no enquanto aquilo, toda a realidade é o meu corpo imóvel, o nada sendo inoculado nele. Ensinar a morrer é uma das funções do sonho. O sonho é isso, predominância do lugar, e o tempo no sonho é sonoro e plástico, sonoro-plástico, depois isso é tornado palavra, e o que resta fora do pronunciável é aquela inquietação tênue, terrível, de ter feito divisa com algo por demais material, por demais sonoro, como divisar o miolo cru da palavra, o que ela diz, e não o que pretendo com ela dizer. Acordo, e é como se eu tivesse chegado ao mundo agora, um cotidiano a me esperar, como se, recém-nascido, eu já soubesse fabricar as minhas teias: levantar, escovar os dentes, pentear os cabelos, esvaziar a bexiga e o intestino para, logo depois, enchê-los novamente, depois o trabalho (sim, tenho sim um trabalho!), então o almoço, sem sesta depois — os sonhos à tarde, em mim, são ainda mais perturbadores: além do mais, comecei a sonhar há pouco, dormir para mim é coisa rara e recentíssima — e ainda há o resto da tarde com mais horas de trabalho e, por fim, a noite, que, antes de Ana, era a hora em que Sísifo de mãos vazias experimentava o ócio de se estar sozinho em si. Depois de Ana, Ana, experimento outro tipo de abandono da pedra: sou agora, Ana, enteado no estivesses, o que me angustia tanto quanto a pedra nenhuma entre as mãos; tanto quanto, mas inexoravelmente outra coisa, não é mais a angústia de estar quase aderido a um não-sei-quê, é a angústia de roçar um sei-muito-bem-o-quê, algo tão difícil quanto encontrar-se enteado em pedra vazia de qualquer cotidiano.

(115.)

Aprisionado no entre, ser de tantas metades, divisão irremediável. Sou sempre a um passo de mim, e há uma enorme solidão nisso. Ainda é muito recente a fratura pelo meu encontro com o outro, tenho medo de pessoas e, descobri há pouco o óbvio, tenho medo de mim. A casa, vejo só agora, a casa ontem, a casa agora, a casa amanhã, a casa-casa, lugar que me encaracolou, que entortou minhas paredes como siso crescendo para dentro e que de minhas teias fez espelho para suas redes. A minha luta inacabável é não ser peixe dentro d'água, eu, que vivi a alucinação de ser mal adaptado, ser a-cosmológico, ser sem mundo, sabedor de que minha mudez quase não foi mais do que existência conforme a palavra da casa, reta, lisa, sem buracos: ou a criança se calava, ou a criança se desmembrava. Em minha primeira teoria sobre o eu da casa, a criança havia se desmembrado mais do que havia se calado, ou melhor, corrijo-me, a criança havia se desmembrado por meio do silêncio; em minha segunda teoria sobre o eu da casa, a que vigora por agora, silêncio foi desmembramento, um desmembramento próprio requerido pelo cosmozinho que me pronunciava.

(116.)

Minha fala, no tempo-criança, quase estritamente interna, era fala acerca da casa-fora, mas isso era uma pseudo-desobediência, além de secreta. Um discurso ancorado em casa-fora é um discurso circulando em torno da casa-dentro, é ainda estar de frente para o espelho da casa, dizendo-se gloriosamente: vejam como sou sestro, enquanto vocês apregoam a destreza de minhas vírgulas, de meu corpo, de meus passos; vejam como tenho pensamentos azuis, enquanto a casa é de atmosfera amarelada sempre incorporando a brisa de domingo; vejam como as minhas orações são para um Deus ambíguo e sem rosto, enquanto o Deus da casa fala uma fala jurídica, asséptica. De meu ser da casa construí o meu ser da Casa, e de meu silêncio emoldurado aprendi a fala emoldurada. No entanto, a partir de minhas ilusões de memória, aprendi a me entregar à rebelião do verbo, fazendo dele outro entre, tensão asfixiante, sopro sonoro de minha liberdade possível.

(117.)

No entanto, minhas ilusões de memória. Há o campo intermédio, e já não sei mais se memória é uma máquina receptiva daquilo que entra pela pele ou o resultado das palavras decalcadas no tutano das coisas. Às vezes, minha relação com a palavra é de puro adoecimento. As palavras me ensinando minha patologia, minha mesmo. Desejo, sim, construir loucura, uma loucura própria em que não falte aquilo que em mim me fez estranho e inaceitável ao Eu da Casa. Construir loucura, mas não neste hoje em que me falta um tanto de coragem. Hoje estou demais à mercê das palavras, tendo de fingir (para que a loucura não me construa) que estas não são palavras minhas: são do código lingüístico, me digo, e que por acaso agora transitam em minha cabeça — e como dói! *A saúde é coisa pessoal, aquilo que pode ser útil a uma existência, ainda que para os outros signifique doença apenas.* Tento me consolar com coisas assim, em dias como hoje, ainda que tenha pouquíssima ou nenhuma certeza acerca da utilidade que possa vir a ter a minha patologia. Minha história é esta, interrompida, resultado de fraturas, expostas e impostas, externas e internas, líquidas e tortas. Sou, ademais, o entorno de mim.

(118.)

Sempre que postado no lado negativo, uma frase fica ressoando em meu paladar: a vida tem gosto de hóstia. A angústia é uma coisa branca. Ana, você está aqui, meio de modo lateral: não dá pra mirar o sol diretamente, e pra isso serve falar sempre da coisa ao lado, pra isso servem as teorias, Ana, pra falar de Ana meio de lado, mas falar de Ana. Admitir, por exemplo, que encontrar você foi, pela primeira vez, resvalar no real lado de fora, no de fora da casa e do dicionário, foi me chocar com a brutalidade nua da palavra alteridade, foi me desconhecer embaraçado na imagem da pinta na nuca. Encontrar você, Ana, foi uma fratura, ruptura da retina.

(119.)

Ana é quem desarrumou minhas fórmulas. Ana desregulou o modo de funcionamento de minha alma, de minha relação com meu próprio discurso (minha arquitetura mínima e suficiente até então). Agora, o suficiente se tornou apenas o necessário, Ana. O amor não é um lugar — era essa a minha certeza eclesiástica desenhada por minha voz para mim mesmo. Você desregulou a fórmula: o amor é um lugar? O amor, agora, tem um corpo. Sei que estou idealizando, Ana, eu sei. Sei que tudo é pretexto, falando de mim, só de mim, sei que estou aceitando a possibilidade (e ainda usando você como pretexto) de que a fórmula anterior se torne o oposto, assim: o amor é um lugar, clave central da ficção que temos de ser se quisermos que a vida seja possível, pelo menos. Não, Ana, também não concordo com isso, o que pouco importa, porque, afinal, as coisas são tais e quais a nossa fragilidade permite dizê-las.

(120.)

Há em minha paisagem o traço tenso de minha miragem
sonora; ganho a vida vertebrando nuvens, dando estrutura de rio ao vento, pronunciando, em hebraico, o corpo
da amada, a morte, e outras coisas arredias ao veio das
palavras. Arqueologia, talvez. O vento me constitui as
vértebras e as nuas naus do meu olhar revestido de ninguém. Tudo o que não falo me sabe.

(121.)

Gosto de chuva. No entanto, há uma ordem fixa no miolo de mim, e em torno, convulsões tentam removê-la um milímetro que seja, e chove e chove e chove, turbilhonantemente, e a pedra, fechada em sua estrutura de pedra, talvez tenha sofrido algum desgaste imperceptível, pouco importa, quando se trata de pedra sonora, palavrar, quando se trata de alguma frase auscultada na infância e que se tornou epígrafe de minha história, toda a minha história se articula em torno dessa uma frase que ignoro, significante em si, maciço, em torno do qual gravitam as minhas chuvas que se desdobram para dentro e para fora, e se multiplicam em novas artérias pela terra frágil da história do eu da casa, que circula e circula e circula em torno da pedra, e que, sem saber, sem sabê-la, não fala de outra coisa: a pedra é minha casa.

(122.)

Seria pleonasmo dizer da infância sofrida. Além de tantas outras coisas, há inferno em toda infância, há verbo em toda errância, há palavra em toda infância, há sofrimento em quando há palavra, só não se sabe se a palavra sucede, antecede, ou coleia lado a lado com o sofrimento e a fixidez da pedra já pronunciada. É claro que não falo de toda infância — mas quando se fala claro, está-se falando, mas fala-se claro como se fala do dia claro?, quando falo sobre objetos, é sobre mim mesmo que falo?, quando falo sobre mim, é sobre objetos que falo?, todas as perguntas todas trazem em si a resposta?, claro que o que estou falando é que infância, sim, em qualquer e todo quando, em qualquer casa, não alitera com inferno por acaso, e que inferno e interno quase se sobrepõem não por acaso, há um saber no Outro anônimo das palavras, não à toa já se nomeou Deus de O Grande Anônimo, o grande anônimo das palavras.

(123.)

Nem mesmo sei ausência de quê, mas há ausência em minha história, algo a descompleta, e, a cada palavra que acrescento à minha história, apenas um vazio desloco. Toda a minha história se articula em torno da uma frase que ignoro. O corpo é outra coisa: por dentro, a noite, a nódoa. Se alguém fala do dentro do corpo, fala uma fala morta. A escrita implica esgrimar com o tempo. E o corpo? só o tempo do corpo o corpo enfrenta? O tempo da escrita se mede pelo que é de dentro, e o que é mais dentro da palavra senão aquilo que lhe é fora? Por dentro da palavra é a noite, há a nódoa; um certo desalento, o núcleo são as bordas. Minha câmera onírica é a casa da alma, e ponto, é isso o que eu pensava; entretanto, corpo, há. Em mim, vozes não combinam com corpo; como se, para meu corpo, vozes fossem só mitologia.

(124.)

É cético, o corpo — nuclearmente. O corpo acredita no corpo somente, e a palavra é mito, rito, quando não matéria estranha, com seus sons portadores de paisagem e memória, matéria estranha a cujos passos é negada passagem ao corpo, coisa logo ao lado da uma pedra de que tanto falo. Aí o inferno. Pronunciar a pedra é mais difícil do que contorná-la (será assim sempre?), falando da coisa ao lado, escutando de viés, acrescentando mais um pedaço. Desde sempre, a quase-coisa sustentando o edifício frágil; sempre uma arquitetura mínima, mapa que indica um passo certo e dois errados; sempre o corpo pela palavra rangido e sulcado, nuclearmente de fora ou ao lado do encontro entre a seta e o alvo.

(125.)

E, de repente, o onde-do-para-onde-ir não existe. De repente, a seta é todo o meu lugar: por isso não me dou com o repente e falo de modo tão prefaciado, de modo que essa instância se torna toda a minha história, e toda a minha história coincide com o ensaio, ensaio do eu da casa sobre o eu da casa, ou, talvez, sobre a casa do eu. Ensaio de, ensaio sobre, se ensaio entre — não sei. Sei que minha história pode ser contada — se é que se trata mesmo da minha história —, contada por mim com mais eficácia falando de objetos, neles está registrado o impacto da dinâmica circunavegante do espaço — história ou ensaio. Portanto, tem algo em mim que me fala com total desconhecimento de tudo o que enredado em meu nome. Com enorme certeza, porém. Um algo narra minhas fraturas, e, às vezes, as imagens que dão liga aos meus desencontros. E esse algo sabe ainda que a eternidade foi ontem. Então, escrevo. Escrever é o meu modo de jogar xadrez com o impronunciável, uma excelente forma de representar o irrepresentável sem representá-lo. Escrever é ainda sedição contra minha tendência à imobilidade.

(126.)

Sim, Ana, juro, é de mim que falo, é mesmo eu, aqui, o que escrevo, um ensaio para a carta na qual, conforme prometido, falarei de mim e apenas de mim (sei, sei, prometi o mesmo a outras!). Mas você há de aceitar as circunvoluções necessárias, o voltear o silêncio, aceitar esse gosto que tenho pelo entorno, mais do que gosto, essa impossibilidade minha para o vôo de rapina. Estou mais para o vôo dos peixes, Ana, mordiscando o entre, as orlas e as águas. Ensaio... ir e delir, mais um caso de termos que não rimam por acaso.

(127.)

A memória dói em mim mais do que uma palavra fratu-
rada. Memória e fratura rimam, em mim, na significação.
Entende agora, Ana, meu jeito de lembrar assim, mais
errante do que o habitual? Eu até mesmo penso que passar do nada à existência pode ser mais violento do que o
efeito retroativo da morte que vigora na existência de
todo homem. Primeiro, o trauma de me tornar corpo,
depois, o de me tornar corpo-palimpsesto, quebrado até
os ossos pelas inscrições da voz outra, incrições que nem
Deus — em sua própria língua, o silêncio, lambendo
roendo com a paciência que só o um Deus pode ter —,
que nem mesmo Deus pode apagar. Do que se conclui,
Ana, que ir e delir e vir compõem a textura de qualquer
homem que pretenda dizer-se, sobretudo "dizer-se para",
para Outra que se encarna em você, Ana, a que me diz
me amar justamente porque não tem a mínima idéia e
nem dá a mínima para o que seja o amor.

(128.)

São dois os nascimentos humanos. O encontro com a palavra, o segundo deles, ensinou-me o silêncio, o não. Daí em diante, Ana, não há mais como recuar, existir outra vez no mundo de presenças maciças, no mundo da ilusão de sermos simétricos a nós mesmos. O segundo nascimento: esse é o encontro com a nossa casa, com as epígrafes que persistirão em nos ser, com a voz outra, viga mestra do que chamo de alma. Não é a expulsão da casa-útero o que fratura, mas o acolhimento brutal, navalhar da casa-palavra. Confundir o nome próprio e o próprio corpo, e, daí em diante, só desarvoramento: apenas corpo e corpo se entendem.

(129.)

Tento folhear o seu corpo, Ana, despreocupadamente, como se o que toco e vejo fosse o som da chuva amarfanhando aquilo que, na língua, não é sentido. E há sempre a sobra, Ana, há sempre sombra pra descansar, do sol, os olhos: um pouco de corpo aderido à língua, sem ser representado por ela; um pouco, Ana, sempre, de pouco entendimento, de delírio a delir o desnecessário empalavramento da prosa entre os corpos. Há sempre o sol, após, a enxugar a chuva e restabelecer o desentendimento que torna necessária e inevitável, Ana, a reedição do segundo nascimento.

(130.)

Às vezes, penso que sol nunca houve em mim. Tenho alma tão molhada e escura quanto um corpo no seu dentro de rumores, alheio a qualquer pergunta que pretenda abordá-lo. Noutras vezes, penso que sou sol só encadeado no silêncio de ser sol e só. O vazio é um acontecimento ordinário em mim; sem dúvida, sou um ser falado pela solidão: talvez, por isso, eu não fale de outra coisa. O meu interesse pelo vento, Ana, não é mero.

(131.)

Não há coisa mais deserta do que ser humano, e não há coisa mais humana do que o amor e seu inferno (por isso, os deuses muito nos invejam?). Pronuncio-me por fragmentos porque as palavras só se articulam em intervalos irredutíveis; os vãos entre elas dão inconstante, instável conformidade ao que somos. Tenho medo de me abandonar, aí será um passo após a solidão, Ana; Ana, permaneça-me um passo aquém da solidão; hoje, agora, Ana, domingo, quase noite, tenho medo como tem medo uma criança. Estou com meus dois pés fora de qualquer palavra.

(132.)

A palavra torna o corpo coisa alheia, produz desconhecimentos; assim que amor comporta sempre um inferno, ou dois, dentre tantas outras coisas comportáveis por palavra tão decalcada ao corpo. Aprendi com uma criança que, além de um pouquinho, existem dois pouquinhos; penso, então, que o amor é aos pouquinhos, uma lenta e enorme construção, coisa que se faz se desmanchando. A quem interessa um lugar sem pessoa, Ana? Do mesmo modo, a quem interessa amor sem pessoa, desse que pessoas que recitam Deus de cor são mestres? De pouquinhos, sabem mais as crianças do que Deus. Queria tanto, Ana, habitar outra gleba semântica...

(133.)

Dos arames do nascedouro, não escapam nem mesmo as palavras, nem mesmo os mais belos artifícios (estamos sempre voltando pra casa, diz o Raduan de modo mais serpeante e não menos mordente do que o de Orides). Desde cedo, aprendi a escrever a ausência de qualquer sentido; questão de sobrevivência, Ana, poder antecipar nas palavras aquilo que me ultrapassa desde e para sempre.

(134.)

Uma palavra sem significação diz melhor o que sinto. Nada representando, a palavra representa, por exemplo, o som opaco da angústia. Existe essa palavra que nada significa? É o que estou procurando. Essa palavra é o amor — você diz como se estivesse dizendo, Ana, a mais prosaica das coisas. Eis uma outra marca de Ana, dizer o que seja como se fosse o maior dos prosaísmos; mais outra marca: se alguém lhe fala, para ouvir, Ana andarilha as palavras com os olhos.

(135.)

Se, pará compor a história de alguém, os lugares necessitam ser inventados, assim como as pessoas, devo dizer que Ana não existe tal qual existe em minhas palavras? Seria essa a pergunta que me faço pelo simples prazer do cansaço de procurar e saber que não há resposta? (Há outras perguntas em meu verso: o que há para além dos simulacros? de que modo existe o homem fora disso? e o meu "verso", mesmo, é apenas um nome diverso daquilo nomeado "frente"? para além dos nomes há apenas o sonho de que, no humano, haja outra coisa?, o que não suportamos é nossa "humanidade", nossos poucos recursos pra lidar com nossa existência eólica?) Até mesmo o corpo beira ser invenção das palavras.

(136.)

Queria, doídamente, que pedra e vento fossem díspares, em meu pensamento; mas não, porto um profundo desregulamento da faculdade de saber antônimos ou sinônimos. Apenas admito que as palavras dividem; e só com elas posso emendar as águas: paradoxo — algo que serve pra dizer o que de nós, à madrugada, está sentado numa calçada, tentando ler a dessemelhança entre vento e pedra. Talvez que, justamente, o estranho me regule, e eu receba uma etiqueta (pra jogá-la fora; pra sorrir; pra, pela primeira vez, fumar este um cigarro; pra ser um homem que atravessará a rua com um ou dois compromissos debaixo do braço), e então solfejar um soul, odeio soul, mas cantaria um soul para experimentar-me outro e brincar de que entre eu e eu há alguma grande afinidade.

(137.)

Apontamentos — em silêncio estou no lugar que de mim extraíram há uns bons anos; sou mais um ser falado do que falante; o silêncio me fala mais ou menos; as palavras, menos; mas eu gosto delas, são um modo de eu me visitar; tenho medo de que um dia eu esteja completamente em casa.

(138.)

Certas frases me disseram, elas tinham boca; certas frases me disseram na infância: epígrafes de minha biografia, parafusadas nos ossos, ficaram. Ter um nome já é um perdimento sem retorno. O nome consubstancia com a pedra, daí em diante é só um me haver com o deslizamento constante de outras pedras que mantêm intocada a pedra de toque — me protegendo de saber que ela existe sequer. Duro instante, em que não se pode não se haver com a descoberta do que sempre se soube. As epígrafes são incapazes de me dizer. As pedras são maciças, mas, a partir de certa intensidade da pancada, quebram — só o nada é inquebrantável. Por vezes, penso que sou todo bílis negra, um antepasto de melancolia enrodilhado na experiência com o eco oco de que a palavra é índice. Me parece até que sou o-quem-gira em torno do eco oco, deixando-me, definitivamente, esmo.

(139.)

Esmo. Uma vida sem nenhuma fábula, a minha. Andar pelas ruas. Voltar pra casa. Segurar a xícara de café. Acender o cigarro. Sentir o cheiro de alho reverberando da cozinha. Etceteramente. Há algum mal em viver assim? Um psiquiatra chamou isso, Ana, de pobre cotidiano, vida limitada; mas que cotidiano não é pobre e que vida não é limitada, por fora, por dentro, por entre? Além do quê, tenho meus passatempos: invento perguntas, ciente da minha incapacidade crônica pra respostas; e enquanto as invento não morro menos do que as outras pessoas, apenas torno a morte menos importante, e faço da vida uma coisa suspensa que me sufoca menos. Estou mesmo sempre tentando um diálogo mínimo entre o eu que vive, o eu que morre e o eu que sonha; entre o eu da casa e o eu fora da casa. Se a partir do século XX, *o eu não é mais senhor da própria casa*, se é que tenha sido algum dia, o meu eu começa agora a desconfiar, apenas desconfiar, que sequer a casa existe. O corpo habita as palavras, ou as palavras habitam o corpo? Não é porque temos certeza de que o dente antecedeu a pasta de dente e de que a morte nos espera a todos que vamos deixar de fazer as perguntas mais inóspitas ou mesmo as mais inúteis. Aproveitando que toquei no assunto, levando-se em conta que a morte é coisa tão certeira, não será, em última instância, insuportavelmente pleonástico falar em inutilidade das coisas? Se fosse profeta, Ana, e acreditasse na salvação dos homens (salvação de quê eu não sei e nunca soube), diria que superar a crença no par utilidade/inutilidade seria a chave para a terra prometida.

(140.)

Daqui a pouco, 18 horas, essa fratura ainda não contei, às 18 horas, o velho que mora em frente à minha casa esteve, está e estará sentado à porta da rua, com seu olhar de quem sabe que eternidades não podem ter princípio, pois que é próprio das eternidades não terem princípio. Isso é uma sabedoria que se sabe sabendo; e que, só, se sabe; e que só se sabe quando o olhar ganha aquele tom autofágico, de quem alimenta a alma com os próprios dentes. Aquele velho, Ana, sabe que é preciso orar, oracionar, oralmente ocupar os intervalos do relógio.

(141.)

Porque já disse mil vezes, Ana, de outros modos, repito: *o que não é poesia é, ao menos, prosa*, mesmo, e sobretudo, o amor; a morte também, nas maquinações de quem vive, obedece à sentença acima. Estamos sempre ensaiando a vida, os lugares, Ana. Somos como caracol, só que não sabemos ficar calados. As águas ventadas do mar e as águas do fundo, a mesma substância, com luz, sem luz; fomos também nós que inventamos, e as profunduras, tudo pra fazer do dia-a-dia lugar a que não falte ar para os lábios respirarem. Evidente, Ana, que nem tudo é linguagem, nem paisagem; é evidente que tem osso e a sua escrita mordente e mordaz, é evidente que há um pouco de pó da pele espalhado pela casa. Entanto, nas maquinações de quem vive, o que é pó pode ser poesia, Ana.

(142.)

Essa terrível sensação de febre tem a ver com meu hábito de passar o tempo grafando paisagem nos ventos. Assim constituo os meus dias, mas poderia ser de outro modo, Ana, claro. Poderia raciocinar-me, raciocinar a pele, raciocinar a saliva que resta do que digo, ou, ainda, poderia morrer ao meio-dia, quando o sol assume angulação perfeita para tornar o nada mais palpável, como se o nada não fosse a coisa mais palpável em meu cotidianozinho. No entanto prefiro a febre, essa febre que não me altera a temperatura, que me altera a consciência e a faz perder-se da arte do disfarce, tornando-me humano, isto é, da febre ressoa a certeza da minha morte em cada reentrância desse meu órgão de equivocações que paisageia minha caixa craniana — e pensar que os ossos permanecerão além da minha memória, Ana. Às vezes, Ana, quase sempre, quase nunca, o som do seu nome me adentra como se fosse o mais desconhecido traço a pertencer-me, e aí isso de seu nome ressoar-me estranho contamina todas essas vozes que em mim não se cansam de discutir coisas enfadonhas, que querem porque querem, cada uma delas, dizer quem sou, quem não sou, quem deveria ser, e então essa estranheza tão familiar se apossa dos meus passos, Ana, e fico só, à mercê do fio desencapado do saber contínuo sem fissura, do saber que coisa alguma tem mais consistência que um batuque no boteco da esquina, daí que não dá pra não saber, Ana, que a solidão é uma coisa indestrutível e que essa mordendo-me os ossos é mais do que o efeito sonoro de minha realidade psíquica. Sabe, Ana, pode até parecer mais um desses draminhas, draminhas em que, como você mesma diz, tenho mestria, mas realmente me dói, até nos fios do cabelo, pensar, pensar que existir é ir se tragando a si mesmo, convertendo o corpo da existência numa fumaça de inexplicáveis movimentos, que se espalha, até não restar nada além de um grilo e sua compulsiva tarefa de empalhar a noite em seus rumores vazios de qualquer sentido, mas, ainda assim, rumores causadores de qualquer sensação que seja, para que os vivos imaginem que qualquer pontinha de qualquer coisa ainda persistirá.

(143.)

Do que nos defendemos tanto, Ana, se não de que somos um corpo? e de que o corpo é pra mim algo tão estrangeiro como a voz de um outro qualquer para uma criança que acaba de chegar ao mundo? Nascido e alojado na minéria casa das palavras, digo: temos um corpo. Torno, assim, a casa que sou, a casa que me é, em lado de fora, tudo pra adormecer na fantasmagoria de que o corpo, essa coisa que morre, é algo que posso simplesmente contemplar, sentado na palavra. Blá-blá-blá blá-blá-blá, Ana, tudo isso a fim de dar alguma consistência ao exílio do corpo. Será que devemos ao insuportável de sermos um corpo, Ana, a realidade das palavras e das imagens e das imagens empalavradas e das palavras imaginarizadas? Fôssemos conformes com o fato de sermos um corpo e seríamos bichos com o silêncio e a mansidão dos olhos de um boi, Ana? E se nós, Ana, nos tornássemos um desses eremitas que deixam a palavra para habitar um silêncio de olhos de boi, se assim será que nos reconciliaríamos com o que somos de modo tão radical, Ana, que poderíamos dispensar as palavras? Sei, sei, lá venho eu com as minhas versões do paraíso perdido, Ana, lá venho eu querer inventar um modo de equacionar o corpo, assim como já equacionei a alma, ou penso tê-lo feito. Eu sei, Ana, eu sei que passo boa parte do meu tempo dedicado à leitura do vento.

(144.)

De repente soube: nada há por detrás das palavras. As palavras não escondem nada, Ana. As palavras ocupam o vão, a fresta, o nódulo vazio das coisas que nos furam os olhos. Antes, eu acreditava que mesmo a noite do osso, da carne sofresse da tessitura das palavras. Até que soube: no miolo mesmo da palavra, há algo desde sempre desvestido e indesdobrável. Por isso, Ana, talvez não lhe possa nunca escrever a carta prometida, a carta em que me falarei, em que contarei minha história, em que não falarei do ao lado, como sempre faço, a carta em que acertarei o alvo. Mas, talvez, Ana, palavras nunca acertem o alvo, talvez elas circulem o miolo desvestido e nos dêem uma ilusão de consistência, uma ilusão de que podemos falar do que não podemos falar, uma ilusão de que, por detrás das palavras, deve estar o que nos é essencial, uma codificação possível para a vida e para a morte, uma justificação de por que estou eu agora dentro de minha gaveta e fora dela ruminando sentidos, roendo e sendo roído por essa coisa no miolo da palavra que se nega a qualquer sentido, Ana, agora, quase entendo o porquê estou eu sempre a estar, pelo manejo dos vocábulos, tentando construir um silêncio nunca vislumbrado: para distrair homens e mulheres do fato inexorável de que os átomos do corpo não interrompem jamais o trabalho de dissolverem a pungente concretude dessa coisa que pensa a si mesma e a que chamo de eu, mas que decididamente poderia chamar de qualquer outro nome. De repente, portanto, Ana, a repetição do mesmo ponto da história, o mesmo despedaço de imagem, a mesma fisicalidade que há num sonho, o mesmo musgo remoto dando notícia da mesma paisagem. A minha história, Ana, é o de fora da casa, mas nada sei do de fora da casa, não sei nem mesmo abrir janelas sem um esforço de eu todo. Meu o dentro da casa, Ana, não é história, mas sim uma fotografia amarelenta incrustada no miolo do redemoinho das palavras que me são, algo que me possibilita o artifício de acreditar que toda a minha tragédia de humano consiste em saber de uma história que não é história. Eu, Ana, desconhecendo a minha história-mesmo, que não passa de outra pedra angular de minha religiãozinha de bolso.

(145.)

Sempre que faço, Ana, um levantamento do que poderia ser minha história, sem nenhuma melancolia, cada vez mais, me aproximo da certeza de que minha história são as paredes nuas da memória, um ou outro sujo, um ou outro furo de um prego que lá esteve sustentando uma dessas monótonas paisagens que se penduram na parede de uma casa pra celebrar a natureza. Parece, Ana, que meu passado se fez, basicamente, de bricabraques de gaveta, de eu sentado, lendo gibi ou lendo Machado, eu sentado como um Deus sem poder nenhum além da onivisão daqueles que se convenceram de que a coisa se torna o revestimento que lhe foi dado pelo olho. Minha história é isso, Ana, história de um grande rei reinando sobre o próprio omphalos, sem nenhuma melancolia, Ana, minha história sou eu andando pela rua, intransitivamente, todas as manhãs e tardes, um eu de 14, 15, 18 anos sei lá, ruminando escombros passados e futuros, articulando meus pedaços em cuidadosa compulsão, e, sem que eu soubesse, dando cerzimento e consistência à loucura necessária — é que, sempre, Ana, só pude estar aqui, não estando, sempre enlameando de meus olhos os objetos desse mundo (eu quase que sou só olhos). É isso que tenho pra lhe falar, falar do meu medo de que onde quer que se esteja, se esteja em casa, do meu medo de que todo quando seja a infância retornada com a mesma saudade de um cheiro indefinido a produzir paisagens nos lábios: a mesma coisa sempre, a mesma coisa perdida e desmedida, a mesma merda de certeza de que um dia (quando for grande!) saberei o nome das coisas que não têm nome.

(146.)

Você deve estar entediada, Ana, você sempre tão assertiva, você com a palavra certa pra ressoar o som da coisa, você com seus sentimentos enlaçados ao sentido exato, você nua mesmo quando vestida, mesmo quando passeando os dedos por entre os cabelos enroscados em seu silêncio levemente rouco, você me chamando de "complexólatra" enquanto me cala com um beijo e depois me dizendo que a vida é substantiva embora enigmática, palpável: quase que posso ouvir-me embrulhado por dentro e por fora em sua filosofia tão corpórea, em suas línguas de gramáticas tão opostas, sempre perturbando a linha divisória entre sentido e sentidos.

(147.)

O sol, Ana, o sol sempre sólido daqui desta cidade, esse sol traz a morte menos escancarada, mas, quando a pino, de algum modo, faz com que as fraturas se tornem mais presentes. E a casa, meu refúgio, nunca pôde fazer barreira ao sol, e à estranheza úmida e luminosa de quando chuva e sol comparecem em meu entorno, objetivando minhas inquietações. A cidade, extensão da casa, é o limite máximo de minha subjetividade que faz de uma gota um cosmo, que faz de um quarto a metáfora da extensão de mim, tão mínimo, recolhido entre paredes emboloradas, espalhado em objetos esquecidos numa gaveta cuja chave sequer existe mais. Estou tentando me reunir um pouco, Ana, tentando ser menos refratário, tentando injetar um pouco mais de afeto em minha letra, em minha voz, em meus olhos, tentando ainda dar ossos, carne, artéria a esse rebolo de enunciações embaralhadas a que chamo de eu. Devo entanto lhe dizer que não conheço coisa mais esboroada, coisa mais enodoada de lugares vazios do que isso: eu. Sabe de uma tolice que nunca contei, Ana? Desde criança e até hoje, não aceito, afetivamente, digamos, não aceito que "eu" seja palavra monossílaba, pra mim "eu" é "e-u". Penso também que eu é assim: quando digo eu, estou falando da coisa que menos sei, estou falando de um punhado de sensações e de sentimentos que esburacam, aí, por sobre o buraco coloco um som: "eu". E saio falando eu amo, eu fui ao mercado, eu atravessei a rua, eu subi no telhado. Viu, Ana? é assim, dizer "eu" permite ir ao mercado, atravessar a rua, subir no telhado, ensaiar a carta prometida. Não estou fugindo, Ana, estou indo pelo único caminho que a Língua em mim me permite ir (há uma coisa de existência sutil, Ana, mas muito real que organiza o meu modo de me dizer, de conectar uma palavra a outra, e de conectar a conexão de palavras ao meu suposto eu, à minha suposta vida, à minha mortezinha de cada dia, ao pó da pele que resta por onde o humano passa. Ser eu, ser eu é um pré-texto).

(148.)

O corpo é falante e falado, o corpo não deixa dormir, as palavras não nos deixam sonhar intransitivamente... Mas é apenas isso, a casa das palavras é o corpo, e a casa do corpo são as palavras? E o entre palavra e corpo, o-não-corpo-não-palavra, será isso, enfim, a estranha materialidade do eu rachado entre corpo e linguagem? É, Ana, posso dizer que não sou minhas representações, e que também não sou minha ferida aberta, não sou sol em carne viva, sou mesmo isso que escorrega e que a si devora, sou o inescrito no escrito, sou o isso que tanto irrita você, matéria fria sangrando significações, tantas e nenhuma, sou o à beira disso, o à beira de todas as coisas, sou tanto em casa, tanto no quarto, tanto na gaveta. Tornei-me a casa, o quarto, a gaveta; e, por isso, é que nunca estou lá, ou melhor, posso até estar na cadeira de balanço, sem balanço e vazia. As coisas, Ana, sabem tanto de mim quanto as minhas palavras, palavras que se dizem como uma voz sem boca, minha voz, voz que sofre de mim, que me porta, como o corpo porta uma doença.

Sou tão cheio de eternidades, Ana, e, como você mesma diz, ser eterno, Ana, é estar morto, é estar crucificado nesse dizer que não cessa de enroupar o que não se pode nunca dizer, e mesmo que pudesse, dizer seria inútil, Ana. Pequena ou grande a alma, o que vale a pena é o que escapa ao poder da pena de, ao grafar, fazer da coisa outra coisa.

(149.)

Não apareça assim na minha memória, Ana, não me apareça concentrada na imagem dos seus olhos! Esses seus olhos que falam mais do que a boca, pois não falam nada, assim como seu corpo. Por isso que há o beijo? o beijo transforma em simples coincidência a homofonia entre língua e Língua? Sei de tudo, Ana — exceto o que é a vida, o que é a morte, o que sou, o que de você me estrangula as certezas e me torna exato leitor do texto de meus sonhos.

(150.)

Ana, sua ausência agora e minhas palavras em torno dela. Não se trata de um consolo, Ana, a ausência é coisa sólida demais. Minhas palavras em torno de sua ausência são um modo de incorporar a definitiva presença do outro, da outra, da mulher que não há, porque nunca houve e nunca haverá, a mulher que faça cessar minha procura. Penso mesmo, Ana, que minhas palavras instauram sua ausência, a indestrutibilidade de sua ausência, e também a sua presença. É assim, Ana, que a minha melancolia se faz carta, e o seu corpo pontua o que falo.

(151.)

Eu tenho agora um endereço que consta nos catálogos. "Se quiser falar comigo, aí vai também o meu telefone. Agora você sabe onde me encontrar — essa foi a carta de Ana que recebi ontem. Tenho agora um endereço que consta nos catálogos.

(152.)

Queria ser simples. Em vez disso tento coisas como pensar o Zero, dar-lhe imagem que seja. Habito esse ferro-velho de palavras e silêncios, com suas possibilidades infinitas de significar, estou enleado nisso, em inventar alguma beleza, ainda que precária e incapaz de fazer voar o interior de uma bolha de sabão. Queria ser simples, digo isso e sinto a pequena alegria daqueles que podem ainda expressar seus desejos mais ingênuos — não autênticos, ingênuos apenas.

(153.)

Não que eu creia em um fora da casa, mas pensar na morte pra mim é inevitável. A doença talvez seja mesmo um modo de me tornar possível, minimamente, uma existência. Vivo tentando resolver o problema da casa. Até que ponto a casa pode fazer frente à morte. De uma coisa sei, a morte é que faz a corrosão silenciosa que, pouco a pouco, me liberta de ser o eu da casa. Retroativamente, há um "não" absoluto no horizonte, que me corrói e me liberta. A casa não é o corpo, não. A casa é justamente essa pirotecnia que freqüento para me defender do corpo, do gozo limítrofe à morte. A casa são os fiapos de minha crença no sentido. Não que eu creia em um fora da casa. Sei que nunca, completamente, abandonarei a casa, mas preciso também ser outra coisa que corpo que goza em pequenas mortes cotidianas. Aliás, nem há lado de fora da casa, não completamente. No fundo, dentro e fora são metáforas inapropriadas, assim como "eu" é uma metáfora inapropriada, assim como "ser" é um verbo inapropriado. São gerações e gerações de não sei lá quantos mil anos se apoiando nessas inapropriações. Sem elas, a casa vai toda ao chão. E eu também não quero que a casa vá toda ao chão. Quanto mais descubro a precariedade da vida, mais me convenço de que, sobretudo, devo preservar nem que seja a minha velha gaveta de guardados e o que lá não está. Penso mesmo que devo abandonar qualquer perspectiva de pedagogia para a morte. Só assim aprenderei a morrer. Só assim não aprenderei nada.

(154.)

Há em mim um núcleo férreo e vazio. Tento dizer, o que digo é não. Então que tento me constituir em palavras e me enviar, mas tudo o que digo e escrevo se parece muito com o que não sou. Não que eu diga e escreva o contrário do que sou; isso seria dizer e escrever exatamente o que sou, em espelho. O que digo e escrevo é o furo no espelho, pois suponho que o "eu sou" seja esse furo, algo situado entre a coisa vista e o olhar, uma diferença irredutível, é isso o que sou agora. Sou um fantasma assombrando estas palavras em que agora tento me remeter a Ana. Afinal, sem algum outro não há fala possível. Ana é, para mim, a presença ausente que tento constituir, pelo menos. Monologo falando para essa outra que é aqui efeito de eu estar falando. Tento interpretar até o vento, até o fato de estar neste mundo. Dizem que até os loucos precisam de um outro, ainda que seja um leão em carne viva, pulsando, querendo engolir, ainda que seja para não falar, experimentando o que é a vida em seu núcleo férreo e vazio.

(155.)

Finjo que deliro porque deliro mesmo.

(156.)

Eu não saberei nunca mesmo o que é esta vida. Pra que, então, o desejo de eternidade, se o que sinto é a nervura do instante como algo imenso e insuportável? Até mesmo a alegria de freqüentar o seu corpo, Ana, até isso eclode em memória como uma alegria que não posso sustentar. Habito a anestesia, uma anestesia que amortece e instaura a angústia, ao mesmo tempo: habito a linguagem que inventou um eu pra morrer. É sem retorno, a paranóia? é ela o destino de todos nós?, o destino de todos nós é interpretar tudo, deparando-nos sempre com o sólido silêncio do que não se entrega ao sentido? O tempo todo, a mesma coisa: repito o mesmo: rodeio o vazio: tento roer o vazio: tento fazer com que o vazio se entregue aos manejos da palavra. Foi assim que descobri que não há um eu nem verdadeiro, nem falso, que o eu das palavras já está morto, tem a duração das palavras que falo. O que está morto não morre mais. Por isso escrevo, Ana, para converter meu corpo em palavras, para morrer nas palavras em que escolho morrer. O corpo morre sempre. Estou escrevendo, tragando meu corpo, produzindo lastro com outros que verão aqui o que sequer posso imaginar. Estou louco. *Um dia morrerão as tabuletas...* Estou louco, Ana. Ana, minha hipótese. Tento agora me descompreender acompanhado; acompanhado da ausência de Ana. Desde quando nunca mais a vi, tento me descompreender. Não a amo. O amor ainda é um modo de acreditar em Deus. Mas a flor dos rumores de Ana me inerva algumas tardes. Eu me endereço a Ana porque o amor é uma de nossas boas ficções. Há inferno suficiente no amor para sustentar uma vida.

(157.)

Um dia estarei morto, Ana, e isso é, para mim, um consolo enlouquecedor. Um dia serei só palavras, vento, e darei ao silêncio um lado voz, o meu silêncio, o silêncio que construo agora como construísse um suvenir para eternidades possíveis.

(158.)

Gosto de fazer bolinhas com miolo de pão. É compulsivo. Faço isso sozinho, pois não sou nenhum desavergonhado. Não tenho competência pra isso. E vou comendo uma a uma, degustando a consistência que lhes dei com meus próprios dedos. Admitir que essa é a minha perversão seria mais ridículo do que a existência de um homem cuja perversão é comer bolinhas de miolo de pão. (Viu, Ana, agora falei de mim e só de mim, sem nenhuma teoria de bolso, sem mencionar nenhuma daquelas minhas metafísicas de café da manhã!)

(159.)

Penso muito sobre a chuva, penso a imagem de seu corpo chuva, bela estrutura temporal com seus vazios se esfregando entre as águas. Penso muito o vento, a escritura dos ventos que nada escrevem sobre a superfície do mundo. Penso a algaravia dos meus olhos, meu estar onde estou. Penso no reflexo oracular das coisas sobre os olhos de um boi. Todas as minhas orações têm como escopo me trazer ao mundo um pouco mais, mas somente um dos pés e um dos olhos, pois que os restos de mim são restos.

(160.)

Dizer a casa, calar a casa, contornar a casa, por dentro e por fora, escutar a casa, vivê-la, sonhá-la, morrê-la, grafá-la, esquecê-la, bebê-la, habitá-la por fora e por dentro, comê-la, vomitá-la, enviá-la pelo correio a Veneza, perguntar a casa, a casa acasa, acaso eu pudesse escolher. Se tem uma coisa que não se escolhe é casa. Mora-se, e ponto. E as janelas?, abri-las é um dom que se adquire desenhando a morte a bico-de-pena, escalando com os olhos o orvalho e uivando o silêncio do quarto, amando o próprio corpo, morrendo e analisando esse processo entre parênteses, a vida entre parênteses, falando-se só, eu e meus objetos da gaveta. Amava-os porque não significavam nada pra mim, nem pra outro algum, nem pra outra alguma, nem pra essa mulher que me chama... chama ela é, ela é um-me-chamando assim, um algo abortado de quando, uma pura existência no espaço, mulher que parece me saber, mulher que se encarna várias vezes em várias mulheres puramente temporais. É disso que falo o tempo todo, e tudo isso começou agora, porque agora começo a falar? O demônio é meu passado, essa coisa, essa minha fala, um pincel, uma máquina fotográfica apontada para o vento, puro espaço, tempo morto, Deus morto respirando o meu olhar. Por isso falo, falo porque abismo, a-bis-mo, palavra que me resume, durante cinco segundos, sim, cinco, depois prefiro tomar vinho, muito vinho, em excesso, duas gotas e já começo a me lembrar dessas lembranças que não me contaria nem depois de morto. Copo vazio é a metáfora do beijo que desejo. Beijo, palavra que remonta meu cotidiano: enquanto beijo, pode até que estou presente, pode até que o tempo não seja um ralo me circulando. Penso em excesso, penso uma vírgula um dia inteiro. Preciso de uma noite inteira pra escolher entre um traço e um dois-pontos, penso há dez anos em por que sonho com o som de maçãs azuis; monocordialmente, penso. Penso nisso o tempo inteiro. E, enquanto penso, vou dedilhando vocábulos outros, os mesmos, confabulando estratégias pra desfazer dessas coisas que nem possuo: me desfazer dos objetos da gaveta que procuro e não acho. Eles a quem dei um nome: o som azul da maçã — acho. Meu avô deu aos objetos dele o nome de "não": meu avô nunca gostou de metafísica. Depois tem, também, o meu fetiche por não abrir ostras, por tentar redigir o que não vejo, e olhar o ir e vir das pessoas, e olhar o ir e vir sem pessoas, querendo pintar o ir e vir do pincel como José

Arcadio Buendia queria fotografar o não estar de Deus, pintar o mal-estar que sustenta as conversas de botequim, como se houvesse outras, como se alguma conversa fosse outra coisa que não o não do meu avô dito de outra forma. Também vendo o que não tenho, vendo esperança, e esperança é coisa de quem acredita no tempo, eu acredito na eternidade, no tempo não, pois que esse eu estar aqui é só uma vírgula do acaso — de resto tenho o sonho, essa manteiguinha que passamos no pão de anteontem.

(161.)

Existir é sair de casa. Minha infância foi um amor ao fora; a rua era meu ser, a casa, meu fora; um caracol, minha infância, e mesmo se tivesse sido de outro modo, seria o mesmo, mesmo que não houvesse acontecido, seria o mesmo.

(162.)

Até mesmo a solidão cessará; extintas as palavras, Ana, o silêncio cessará; e, somente ao término da vida, Ana, cessará a morte

(163.)

Quem sabe, Ana, um dia amarei as coisas partilháveis mais do que as partidas. Ah, um dia, quem sabe, ouvirei o som de sua voz, Ana, e me deitarei nele, e, como qualquer humano, quem sabe um dia, quem sabe, sonharei sonhos que permitam e até protejam o sono, um sono possível que seja.

Este livro foi composto na tipologia Goudy Old
Style BT, em corpo 12/17, e impresso em papel
off white 80g/m² no Sistema Cameron da Divisão
Gráfica da Distribuidora Record.

Seja um Leitor Preferencial Record
e receba informações sobre nossos lançamentos.
Escreva para
RP Record
Caixa Postal 23.052
Rio de Janeiro, RJ – CEP 20922-970
dando seu nome e endereço
e tenha acesso a nossas ofertas especiais.

Válido somente no Brasil.

Ou visite a nossa *home page*:
http://www.record.com.br